# 吸血鬼と死の花嫁

赤川次郎

集英社文庫

## CONTENTS

# 吸血鬼と死の花嫁

# 吸血鬼と死の花嫁

# アルバイト・ブライド

〈秋のブライダル・ショー〉

その巨大と言ってもいい立て看板を見上げて、

「春にやるのに、どうして〈秋の〉なんだろ?」

と、橋口(はしぐち)みどりが言った。

「秋の挙式のためのショーだからよ」

と、大月千代子(おおつきちよこ)が言うと、

「それぐらい、私だって知ってるわよ」

「じゃ、何なのよ」

「どうして〈秋のための春のブライダル・ショー〉にしないの? 見た人が今は秋かと間違えるじゃない」

「間違えないって!」

Kホテルの正面玄関に、その立て看板は、やってくる客を圧倒するように立てられて

いる。

　二人がそれを眺めていると、

「──ごめん！　待った？」

と、足早にやってきたのは神代エリカである。

「そうでもないよ。この看板、眺めてたとこ」

「何か食べる？」

「みどりったら、食事に来たんじゃないのよ」

「分かってる。冗談よ」

と言っているみどりの目は笑っていなかった。

「さ、入ろう」

と、エリカが促し、三人はKホテルの中へと入っていった。

　──最近はホテルも大変である。

　特に、日本のホテルは宿泊より宴会で儲けていると言われる。中でも確かなのは結婚式と披露宴だが、その肝心の稼ぎ頭が、このところ不振。

「今はレストランで式挙げる人が多いものね」

と、エリカは言った。

「そうね、その方が安上がりだし」

「そんなこと言うと、ホテルの人ににらまれるよ」

と、エリカがつつく。

三人は矢印に沿って、宴会場へと下りていった。

広いロビーには、若い男女のカップルと、その両親といった取り合わせが目立った。

この秋にここで式を挙げようというカップル、あるいは今、式場を捜しているという男女がやってきて、ウエディングドレスから、ケーキ、引出物とか、お色直し用のドレス、タキシードなどを見て回っているのである。

「今日は式挙げる人、いないんだ」

と、みどりが言った。

「今日は仏滅だよ」

と、千代子が説明する。

「あ、そうか」

家に仏壇もないのに、「仏滅」を気にするというのも妙なものかもしれないが、これは別に「迷信」というほどのものではない。

一種の「おまじない」みたいなもので、誰に迷惑がかかるというわけでなし、そう皮肉るほどのことはない。

エリカたちは、別に「式場の下見」に来たわけではない。それにはまず相手を見付けるのが先決である。

「――やあ、神代君」

と、若々しいスーツ姿の青年が三人に気付いてやってきた。

「今日(こんにち)は」

エリカは会釈(えしゃく)して、

「大月千代子と橋口みどりです」

と、紹介した。

「よろしくね。――じゃ、早速で申しわけないけど……」

「いいですけど、私たちだけじゃ……」

「うん、もちろん、『彼氏』役を用意してるから」

水野真士(みずのしんじ)は、N大卒の、エリカたちの先輩に当たる二十四歳。このKホテルに勤めていて、今は〈結婚式場担当〉である。

水野が手を振ると、背広姿や気軽なジャンパーなど、まちまちのスタイルの男性が三人、やってきた。

「この春、入ったばかりの新人だよ」

と、水野は言った。

「この三人とそれぞれ適当に組んで、自由に中を歩き回ってくれ。ただ、あと三十分すると、メイン会場で、ウエディングドレスのファッションショーがあるから、それはみんな見てくれ。それ以外は自由に、大いに元気よくやってくれよ」

「はい」

エリカは肯(うなず)いて、

「さて……。それじゃ、適当にカップルを組みましょ」

三人の男性の中では、まだ似合っていない背広姿の一人が、何となくとっつきにくそうだった。

エリカが他の二人をこのバイトに誘ったので、責任上、一番やりにくそうな相手を選ぶことにした。

背の高い千代子は逆に小柄なジャンパーの若者と、みどりは――一番よく食べそうな、堂々たる体格の男に、自然決まった。

「さ、アルバイト開始！」

エリカがそう言って、三人はそれぞれの相手と、別々の方向へ散った。

――エリカは、あの水野から、

「〈ブライダル・ショー〉に、さくらとして来てくれないか。バイト代、ちゃんと出すから」

と、頼まれたのである。

つまり、料理の試食とか、ブーケの見本とか、それぞれの場所で、

「これ、おいしいわね！」

とか、

「私、絶対にこれ！」

などとオーバーに喜んでみせ、本物のカップルを刺激するのが仕事なのだ。

みどりには、

「試食のコーナーばっかりにいちゃだめよ」

と言ってあるのだが、見れば早くも足はその方向へ向いている様子だった。

「――じゃ、まずどこへ行く？」

エリカは、その背広にネクタイの若者の腕に腕を絡めた。

「あ……。びっくりした！」

「だって、婚約中なんでしょ、状況設定としては。腕ぐらい組んでなきゃ、おかしくないですか？」

「ええ……。そりゃそうですね」

と、相手は汗をかいている。

「僕は――もちろんいいんですが、あなたがいやでなきゃ」

「いやならしません」

「そうですね」

「私、神代エリカ。お名前は？」

「福原といいます」

と、固くなって一礼する。

「婚約者が姓しか知らないって、おかしくありません？　お名前の方は？」

「悟です。――福原悟」

「よろしく」

と、エリカは微笑んだ。

「じゃあ……まず式場のチャペルへ行きましょうか」

「ええ、お任せします」

――エリカは、福原悟と腕を組んで、小さなチャペルに入っていった。

他に二組ほどのカップルがいて、

「ちょっと狭いわね」

「もう少し明るい方がいいわよね……」

といった声が耳に入る。

エリカの父は、ヨーロッパから渡ってきた正統の吸血鬼。日本人の女性と結婚して生まれたのがエリカである。

だからエリカも、半分は吸血鬼の血をひいている。耳が人並み外れていいのもその故(ゆえ)である。

「すてきね」

と、エリカは他のカップルに聞こえるように言った。

「あんまり広くてガラガラよりも、少し狭いくらいの方が、人で一杯になっていいわ」

「うん……」

福原の方が面食らっている。

「それに、あんまり明るいと、お父さんの頭の薄くなってるのが目立つわ。これくらいの明るさがいいのよ」

しっかり役目を果たしているエリカだった……。

「そろそろファッションショーの始まる時間だ」

と、福原が腕時計を見て、

「行きましょうか」

「ええ。――福原さん。もう少しリラックスしないと、恋人同士に見えませんよ」

「すみません」

福原は、さっきからハンカチを取り出しては汗を拭(ふ)いている。

「いちいち謝らなくても」

と、エリカは笑ってしまった。

「すみません」

と、また謝って、今度は福原自身が笑い出してしまう。

「――いや、見ての通り、僕って大学でもまるきりもてなくて。女の人と口きくのなんて、本当に何カ月ぶりか、なんですよ」

「女の子だと思うからでしょ。男も女もない、友だちだって思えば。――ま、言うのは簡単だけど」

福原は何となくホッとした表情になって、

「何だか……神代さんとは話していても、とても楽なんです。これでも」

「それって、私が女じゃないって言われてるみたい」

と、エリカは笑って言った。

「いや、そんな意味じゃないんですよ！」

「分かってます。冗談」

とはいえ、確かにエリカは「半分は人間じゃない」のだ。

「神代さん、じゃおかしいわ。『エリカ』って呼んでください」

「そんなこと！　――女性の名前を呼ぶなんて……。エリカ……さん」

「そうそう、それでいい」

と、エリカは肯いた。

そのとき、若い女性――たぶんエリカと同じくらいの年齢らしい――が一人、いやにあわてた様子で駆けてくると、二人にぶつかりそうになって、

「ごめんなさい！」

と、投げつけるように言って、また駆けていってしまった。

「何かしら？」

エリカはちょっと気になった。

今の女の子のあわて方が普通ではないように思えたのと、服装も、白いブラウスと紺のスカートという地味なもので、この会場にはおよそふさわしくない印象だったからである。

そして、福原の方を見ると、なぜだかポカンとして、今駆けていった女の子を見送っている。

「どうしたんですか？」

と訊くと、

「いえ……。ちょっと」

「今の人、お知り合い？」

「いや、別にそういうわけじゃ……。中へ入りましょう」

——ショーの会場はさすがに一番混み合っている。

会場といっても、臨時のものだから、真ん中にシンプルなアウェーが一本あるだけで、その左右にズラッと椅子が並べられている。

エリカと福原は、それでもアウェーから三列目の椅子にかけることができた。

見回すと、千代子の組が反対側にいて、手を振っている。

みどりたちは？ ——目で捜したが見当たらない。まだ試食のコーナーにしがみついて（？）いるのでは？ でも、一応、このショーは見に来るだろう。

急に会場の照明が落ちて、リズミカルな音楽が流れると、スポットライトが一点に集まる。

ショーが始まるのである。

# パニック

「――変だな」

と、福原(ふくはら)が首をかしげた。

「どうしたの？」

エリカは、次々に登場する、可愛いデザインのウエディングドレスを、結構楽しんで眺めていた。

「いえ……。このショーにね、僕の知ってるモデルさんが出ることになってるんです。でも――いくら気を付けて見てても、いないんですよ」

「ヴェールで顔がよく見えないからじゃない？」

「そうかもしれないって、僕も思ってたんですけどね。でも、知ってる人なら、ぼんやり見えるだけでも分かるもんでしょ？」

「それはそうね」

エリカも気になっていることがあった。

「もちろん、一人で何着も着替えて出るから、同じ人が何度も出てくるけど、五人ね、モデルさん」

「そうですか？」

「私の見た限りじゃね。でも、みんな素人(しろうと)みたいだわ」

わざと初々(ういうい)しく見せるために、プロでないモデルを選んだのかと思っていたのだが……。

「そうなんです。おかしいんですよ」

と、福原は首を振って、

「実はさっき、ロビーでぶつかりそうになったのが……僕の知ってる子によく似てて、『あれ』って思ったんですが」

客も、何となく戸惑(とまど)っている様子だった。――確かに、本格的なデザイナーやメーカーのファッションショーとは違うが、それにしても、モデルたちの歩き方もぎこちなければ、たまにヴェールを上げていても、誰一人ニコリともしない。

「――何だか変だ」

と、エリカは呟(つぶや)いた。

何か妖(あや)しい空気が漂っているのを、吸血鬼の血をひく身で、敏感に感じ取っていたのである。

すると、

「何をしとるんだ」

と、エリカの隣の席が空(あ)いたところへ、ヒョイと腰を下ろしたのは、何と父のフォン・クロロック。

「お父さん！　何してるの、こんな所で？」

「私は商談があって、このホテルのレストランに来ていたのだ。帰りにこのロビーへ下りてみたら、いやな匂いがする」

「お父さん、感じる？」

「もちろんだ」

――フォン・クロロックは、映画の中の吸血鬼にならって、大きなマントを身につけている。

とはいえ、今は〈クロロック商会〉の雇われ社長。おかげで、本来なら眠っている昼間にもこうして出かけてこなくてはならない。

「エリカ。――ここの客を外へ逃がすのだ」

と、クロロックが言った。

「逃がす？　何か起こるの？」

「血の匂いがする。それだけではない。この匂(にお)いは……」

二人とも、耳が鋭いので、他の人間には聞き取れない小声で会話していた。

福原が当惑して、

「エリカさん、そちらはお父様ですか?」

「ええ。父のフォン・クロロック。お父さん、この人はね——」

「自己紹介している暇はない」

と、クロロックが遮る。

「この人、ここのホテルの人だよ」

「そうか。ではすぐに立っていって、この会場の扉を全部開け放て」

「はあ?」

ショーの間、アウェーにだけライトを当てるので、扉は閉まっていたのだ。

「そして、会場の明かりをつけろ」

「ですが——」

「言う通りにして」

と、エリカが言った。

「お客の命にかかわることなの。お願い。父の言うことを信じて」

とはいえ、無茶な話だ。新入社員の福原が、上司の許可も取らないでそんなことをしたら、クビになるかもしれない。

しかし、福原は少し迷っただけで、

「分かりました」

と、席を立ったのである。

「——なかなか見どころのある奴だ」

と、クロロックが言った。

「ショーが終わるみたい」

五人のモデルが全員登場して、ウエディングドレス姿で次々に進んでくる。

「——お父さん、おかしいよ」

と、エリカが言った。

福原が、会場の扉を開けようとしているが、開かないのだ。エリカの方を振り向いて首を振る。

「おかしいわ。ロックするはずないし」

モデルたちがグルッとアウェーを回ると、一番奥に横一列に並んだ。——会場に拍手がパラパラと起こる。

そして五人のモデルは、横一列に並んで、再び進み出てきた。

「エリカ、扉を開けろ」

「分かった」

エリカが立ち上がって、会場の扉へと走る。

「どいて！」

と、福原へ声をかけ、エリカは一気に扉へとエネルギーを集中させた。

重い扉だ。簡単には開かなかったが、扉へぶつかる直前、もう一度エネルギーをぶつけると、扉はパッと開いた。

五人のモデルが、突然同時に足を止めると、バッとヴェールをむしり取って、

「魔女万歳！」

と叫んだ。

「地獄を見よ！」

一人が手にしていた小型の筒を投げた。

それが宙をクルクルと回転しながら、紫色の煙を吹き出した。

「共に地獄へ！」

他の四人も次々に筒を取り出して投げた。たちまち煙が立ちこめると、悲鳴と呻き声が上がる。

誰かが、

「毒ガスだ！」

と叫ぶと、客が一斉に出口へと駆け出した。

「扉が開いてるわ！」

と、モデルの一人が叫んだ。

「誰が――」

「私だ」

クロロックが五人の前へ飛び出した。

「邪魔する者は呪われろ！」

と、女の一人が甲高い声を上げる。

「呪いはこっちの方が先輩だ」

クロロックはマントを広げると、

「一人も死なせんぞ」

と言った。

突然、会場からアウェーの奥へ向かって、強い風が吹き始めた。

「煙が！」

と、女たちが悲鳴を上げる。

紫色の煙はアウェーの奥へと吸い込まれるように流れていった。

「しくじったわ！」

と、一人が叫んだ。

「みんな、奥へ！」

五人の女たちは、ウエディングドレスの裾をつまんで、駆け出していった。

会場の明かりが点いた。

「落ちついて！」

クロロックの声が響き渡った。

「もう安全だ！　落ちついてロビーへ出なさい！」

客たちは、夢でも見ていたのかという様子で、それでも先を争ってロビーへ出ていく。

「――お父さん！」

エリカが戻ってきた。

「五つの筒を集めておけ。まだガスを出しているぞ。吸い込むな」

「分かった」

「ふたのできる器に水を入れてその中へ」

「任せて」

エリカは福原へ、

「急いでポリバケツに水を入れて！」

と、大声で言った。

クロロックは、マントを翻して、女たちを追ってアウェーの奥へと駆け込んでいった。

「──早まるな！」

と、クロロックは強い口調で言った。

「死ぬのは早いぞ！」

着替えをする臨時の部屋へ駆け込んだクロロックは足を止めて、

「愚かな！」

と、呟くように言った。

──エリカがやってきたのは二、三分後で、

「大丈夫。筒は水に入れたよ」

と入ってきて、

「これ……」

五人のモデルをつとめた女たちが、床に倒れている。

「──間に合わなかった」

と、クロロックが言った。

「お父さん……」

「毒薬を持っていたのだな。成功しても失敗しても、のむことになっていたのだろう。

──誰も即死に近い」

エリカは、そっと覗き込んで、苦しみに表情を歪めて絶命している、その顔から思わ

ずつ目をそらした。

「何なの、一体？」

「分からんが……。『魔女万歳』とか言っとったな」

「悪魔信仰？」

「それに近いものだろう。——扉を閉め切って、毒ガスで客を皆殺しにするつもりだったらしい」

「そんなひどい……」

クロロックは五人の死体を見渡して、

「みんな若い。いくらでも未来があるはずなのにな……」

「お父さん、さっき血の匂いって……」

「うむ。——裏へ出てみよう」

すぐ目の前に化粧室がある。

女子化粧室から悲鳴が上がって、客の女性が飛び出してきた。そして、

「人殺し！　中で……中で……」

と、それだけ言うと、カーペットの上に座り込んでしまった。

# 聖なる魔女

「ああ、やれやれ……」

水野真士（みずのしんじ）がロビーへやってきた。

「大騒ぎですね」

と、エリカが言って、警官や報道関係者でごった返すロビーを見回した。

「しかし、君とお父さんがいなかったら、こんなものじゃすまなかった。改めて礼を言うよ」

と、水野は言った。

「そんなことはいいんです。でも……」

運び出されていく死体。――白い布で覆（おお）われた死体は、見えないだけ不気味だった。

毒ガスで客を殺そうとして失敗し、毒を呷（あお）って死んだ五人に加えて、本当はこのショーに出るはずだった五人のモデルが、化粧室で殺されていたのだ。

「合わせて十人……。何の意味もない死ですね……」

「ホテルの上司は、みんな卒倒しそうだよ。こんなことが起こったっていうだけで腹を立ててる。僕もすっかり怒鳴られた」

「私、言ってやりますよ。こんなことが起こるなんて、誰も予測できないわ」

「ありがとう。頭に血が上ってるんだ。そのうち、冷静になれば、君とお父さんにも感謝するだろうけど」

クロロックは先に引き上げていた。

千代子とみどりも、帰っていた。――千代子は、あの騒ぎのとき、一緒にいた男の子が、真っ先に逃げ出したのを見て、

「だらしがない！　ホテルに勤めてるんだから、お客を先に逃がさないでどうするの！」

と、カンカンになっていた。

みどりはといえば、似た者同士の取り合わせで、ショーを見るのを忘れて、パーティ料理の試食に夢中だったので、全く騒ぎに巻き込まれずにすんだのである。

「――しかし、一体何だったんだろうな」

と、水野は首を振って、

「わざわざ結婚しようとしてるカップルを狙って……」

「気になりますね」

エリカは息をついて、

「じゃ、私もこれで……」

「どうもありがとう。とんでもないバイトになったね」

「いいえ。お役に立って良かったです」

エリカは、水野と別れてロビーから出ようとしたが、ふとロビーの奥の電話ボックスに、福原悟の姿を見て足を止めた。

何やら肯きながら話している。——エリカは用心してそのボックスに近付くと、並んでいる隣のボックスへ入った。

エリカの耳には、隣の福原の声が充分聞こえる。

「——うん、分かってるよ。——大丈夫。そう泣くなって。僕がついてる。——いいかい、外へ出るんじゃないよ。僕の方から連絡するのを待つんだ。いいね。——いや、どうなるか分からない」

どうやら相手は、あの事件の前にロビーですれ違った、福原の知り合いのモデルらしい。

「——うん、今すぐにはここを出られないけど、夜には。——分かってる。君も用心して」

福原は電話を切ると、急いでボックスから出て、小走りに立ち去った。

あの事件のとき、現場にもいたのだし、きっと警察にも色々訊かれるだろう。

エリカはちょっと考え込んでいたが、やがてロビーから出ていった。

「吸血鬼に襲われもしないのに、自分から死んでしまったりする。——人間は命を粗末にしすぎる」

と、クロロックはため息をついた。

「でも、何ごとかしら。怖いわねえ」

と、涼子が夕食の仕度をしながら、

「エリカさん、ちょっと手伝ってくれる?」

「うん」

エリカは虎ちゃんの相手をしていたが、台所へ立っていき、当然、虎ちゃんの面倒はパパがみることになる。

「そうだ! ——それ!」

クロロックは、虎ちゃんに小さなマントをつけさせて、一緒になって、決めのポーズなど作っている。

「もう! 私の大事なスカーフをマントにしちゃって」

と、涼子がブツブツ言っている。

「いや、やはりクロロック家の血を受け継ぐ者は、生まれたときからマントを身につけて、似合うようにしておかんとな」

クロロックも、虎ちゃんにはてんで甘い。

人間を震え上がらせているはずの吸血鬼が、我が子をのっけて「お馬さん」なんかになっているところは、ドラキュラ伯爵などに見せたくない……。

「——私、ホテルへもう一度行ってみるわ」

と、エリカは食事しながら言った。

「まあ、エリカさん。誰と泊まろうっていうの？」

「お母さん、そうじゃないわよ。あの福原って人の後を尾けて、例のモデルと会ってみたいの」

「うむ。それは一番の近道だろうな」

と、クロロックが肯いて、

「どうやら、あれは〈聖・魔女団〉のメンバーらしい」

「〈聖・魔女団〉？　何、それ？」

「悪魔でなく、魔女を崇拝するグループだ。魔女は近世まで迫害されて、大勢の人間が殺された。その恨みを晴らそうというのが、〈聖・魔女団〉だ」

「魔女？　でも、どうして今になってそんなことを？　子孫が日本にいるとは思えないけど」

「昔のように、拷問(ごうもん)や火あぶりで迫害されることはないとしても、今も精神的に迫害されている者は少なくない。そういう人間が、かつての魔女たちに同情を寄せた、というのが入り口だろうな」

「お父さん、どうしてそんなことを知ってるの？」

「さっき、ＴＶのニュースでやっていた」

エリカは危うく椅子から落っこちるところだった……。

モデルは六人のはずだった。

――桐山友子(きりやまともこ)はそう聞いていた。

だから、その「六人」の中の一人に選ばれたときは、誇らしい気持ちで一杯だった。

死は怖くなかった。〈聖・魔女団〉の幹部が、まだ入団間もない自分を選んでくれたことに、友子は感激していたのだ。

もちろん、それには友子が一応本職のモデルで、あのショーのモデルたちと入れかわるのに便利だという考えがあったのだろう。

それでも良かった。――友子は、団長から、

「これをつけて、あなたの義務を果たしなさい」

と、首に〈聖・魔女団〉の殉教者のシンボルをかけられたとき、感動で身が震えたものだ……。

——電話が鳴った。

友子は息が止まるほどドキッとして、ベッドにはね起きた。

眠っていたわけではないが、少しぼんやりしていたらしい。疲れているのだ。

こわごわ受話器を上げる。

「はい……」

「友子か？」

福原だ！

「早かったのね」

「今、Ｋホテルを出る。そっちは変わりない？」

「ええ」

「二十分もあれば行くよ。ええと……」

「〈Ｍホテルチェーン〉よ。８０２号室」

Ｋホテルなどとは違う、ビジネスホテルである。

「分かった。じゃ、直接部屋へ行くよ」

「待ってるわ」

──友子は、福原の声を聞いて大分落ちついた。

二十分……。

友子は、ふと思い付いて、シャワーを浴びることにした。小さなユニットバスがついているが、一人なら充分だ。

そして、シャワーなら十分もあれば浴びることができる。

思い立つと、友子はすぐにバスルームのドアを開け、タオル類が揃っているのを確かめてから服を脱いだ。

シャワーの勢いが少し弱いし、温度調節がうまくきかなくて、熱くなったり冷たくなったりで手こずったが、ザッと汗を流すだけはすませることができた。

バスタオルで体を拭いていると、ドアをノックする音。

「あ、待って！　──すぐ開けるから」

ずいぶん早く着いたのね！

友子はあわてて服を身につけると、

「今開ける」

と、肩にバスタオルをかけて、ドアを開けに行った。

「早かったわね──」

ドアを開けた友子は、出口をふさぐように立っている三人の女たちを見て、呆然とした。

「中へ」

と、一人が言った。

三人の女たちは、揃って丈の長いコートを着ていた。

もちろん友子も知っている。〈聖・魔女団〉の幹部たちだ。

友子はわけの分からないまま、部屋の奥へさがった。

「——分かってるわね、裏切った人間がどうなるか」

と、一人が友子に迫った。

「待って」

と、年長の一人が止める。

「この子はまだ若すぎたのよ。間際になって逃げ出したのも無理はないわ」

「そんな！　甘いことを言っていたら、団の規律は——」

「分かっているわ」

アンナというのが、その年長の女性の名だ。——団の中での名だから、友子も本当の名前は知らない。

怒っている一人はソフィア。もう一人、黙ってドアの所に立っているのは、フランチェスカといった。

「私……知らなかったんです」

と、友子は言った。

「モデルさんたちと入れ替わるといっても、まさか、彼女たちを殺すなんて、思ってなかった……」

「それで逃げ出したのね？　血を見てびっくりした？」

友子は肯いた。

「――説明不足ね」

と、アンナが言って、ソフィアの方へ、

「あなたの役だったでしょう」

「私は……必要なことを教えればいいと……」

ソフィアが口ごもる。

「言いわけはいいわ」

アンナは、友子の方へ歩み寄ると、

「あなたは、私たちの〈聖・魔女団〉から抜け出したいの？」

と訊いた。

――モデルは五人しかいなかった。

友子は、一人いなくなっても大丈夫だと思って逃げた。

でも、あの事件を防ごうともしなかったし、警察へ届け出る気もなかった。

「いいえ」

と、友子は言った。

「本当に？」

「はい」

抜けると言えば殺される。友子にもそんなことは分かっていた。

「あてにならないわ」

と、ソフィアが言った。

「彼氏が来てくれたら、一緒に逃げようと思ってるんじゃないの？」

友子がハッとした。

「あの……彼のことを……」

そもそも、どうして友子がここにいると分かったのか。

「あなたは、福原って男を信じてるようね」

と、アンナは言った。

「でも、彼はあなたの居場所を私たちへ知らせてきたのよ」

「嘘です！」

と、思わず声を上げていた。

「嘘？　じゃ、どうして私たちがここにいるの？」

と、ソフィアが笑った。

「福原は私たちの協力者よ」

アンナが淡々と言って、友子の肩に手をかけ、

「どうする？　やり直してみる？　もう一回だけチャンスをあげるわ」

友子の中で、心の支えが崩れていった。

「元気を出して」

アンナは、友子の肩に手をかけて、

「やってみるわね？」

友子は黙って肯いた。

## 炎の中の女

ドカーン、という音がして、バッと炎が上がった。

「ぶつかったな」

と、タクシーの運転手が言った。

エリカは前を行っていたタクシーが、歩道へ乗り上げて街灯にぶつかり、ガラスが粉々に砕けているのを見た。

「停めて！」

エリカはタクシーから飛び下りると、

「一一九番へ連絡してください！」

と言っておいて、ぶつかったタクシーへと駆け出した。

そのとき——そのタクシーが突然炎に包まれたのだ。

エリカも一瞬足を止めた。

とても助けられない。——福原（ふくはら）が乗っていたはずである。尾行していたエリカは、まさかこんな場面に出くわそうとは思ってもいなかった。

火はたちまちタクシーを包んだ。

そして、エリカは自分の目を疑った。

炎の中に、女がいる。

タクシーに乗っていたわけではないのだ。

炎の中に、幻のように浮かび上がったのである。

それは、遠い昔の光景だった。

太い柱に鎖で縛りつけられた女。——身にまとっているのはズタズタに裂けた布だけである。

若い、まだ二十四、五の女のようだった。

炎が、その女を下から焼き尽くす。——女は苦しみ、悶（もだ）え、叫んだ。

その言葉はエリカには理解できなかった。

「——復讐してやる、と言っているのだ」

クロロックがいつの間にかそばに来ている。

「お父さん……」

「かつて、魔女とされた罪のない女の火刑だ」

「あれは……幻？」

「恨みが今のこの世に残っているのだな」

女が炎の中でがっくりと体を落とした。

「死んだのね」

「うむ……。間際（まぎわ）に、『この恨みは何百年かけても——』と言いかけた」

「その呪いが、あの〈聖・魔女団〉？」

「どこかでつながっておるだろう。——単なるカルト教団でないという気がしたので、来てみたのだ」

「でも、福原さんはあの中だよ」

「いや、車がぶつかったとき、外へ投げ出されている」

「え？」

エリカは急いで燃えているタクシーの向こう側へ回ってみた。

福原が倒れている。

「——福原さん！」

と、抱き起こしてみると、気を失っているが、そうひどいけがではない。

「運転手は間に合わん。可哀そうなことをしたな」

と、クロロックがやってきて言った。

「どうだ、具合は？」

「気を失ってるけど、少しすり傷や打ち身のあとがあるくらい」

「よし、任せておけ」

クロロックが、気絶している福原の体を起こすと、ぐっと力をこめて肩をつかんだ。

クロロックからちょっとした〈エネルギー〉が送り込まれて、福原はフッと目を開いた。

「あ……。クロロックさん？」

「大丈夫か？　車から投げ出されて、危うく焼死をまぬかれたのだ」

福原は燃え上がっているタクシーを見て、

「あれが……僕の乗ってたタクシーですか？」

と、青くなった。

「たまたまショックでドアが開かなければ、君も今ごろあの恨みの炎で焼かれているところだ」

「恨みの炎……」

「福原さん、あなたの知っているモデルさんはどこにいるの？　これから会いに行くんでしょ？」

エリカの問いに、福原は一瞬迷っていたが、

「彼女が心配だ。——行きましょう。ご案内します」

と、立ち上がって腰を伸ばした。

「彼女の名は桐山友子といいます。この先のビジネスホテルで僕を待ってるんです」

「そうか。では行ってみよう」

と、クロロックが肯く。

エリカは、まだ燃え盛っているタクシーへと目をやった。

炎の中で、崩れていく人間らしい形が、ぼんやりと見えていた……。


「——魔女狩りというと、遠い中世のものと思いがちだが、そうではない」

と、クロロックはビジネスホテルへと急ぎながら言った。

「ヨーロッパで近代科学が幕を開けたルネサンスのころや、ごく一部の地域では十九世紀の半ばまで、魔女狩りが行われていたのだ。進歩が、却って迷信深い人間を惑わすこともある」

「今度のことも、それと関係があるの？」

「それは分からんが、単に奇をてらった宗教もどきのものではない。どこか遠い昔に源があるような気がする」

吸血鬼の二人について歩くのは大変である。福原はハアハアと喘ぎながら、

「彼女——友子は、何も知らなかったんです」

「その友子さんは、〈聖・魔女団〉の一人なの？」

「メンバーだと言っていた。でも、それは、彼女が軽く考えていたからなんだ」

「というと？」

「友子は大して売れないモデルだ。あの世界は、たとえかなり名のあるモデルでも、自分からオーディションを受けに行って、仕事を手に入れる必要があるんだ」

「じゃ、友子さんも？」

「所属しているモデルの事務所に、ファックスが一枚入ってきた。〈魔女を信じるモデル、求む〉という文面で、たまたまそのオフィスに来ていた友子が、そのファックスを見たんだ……」


「何でしょうね、これ？」

と、ファックスを見て、友子は言った。

事務所の社長は五十代の女性で、

「何かＴＶの企画かしらね。ちょっと怪しげな仕事かもしれないわよ」

と、ファックスを受け取って眺め、

「払いはいいわね。でもお金を出すってことは、それだけ大変ってことなのよ」

分かっている。友子だって、モデルになって三年。――ちょっといい話だと思って行くと、脱ぐ話だったり、ホテルへ誘われたりする。

でも、これが本当の仕事なら……。

「行ってみる？『魔女を信じますか？』って訊かれたら、適当に答えときゃいいのよ」

友子はお金に困っていた。むろん大した金額ではないが、借金を返せなくて、半ばやけになっていた。

「魔女を信じるモデル、ね……」

何だっていい！　ともかくお金になりさえすれば。

そのファックスに書かれていた金額は、確かに他のショーに比べて高い。

行ってみよう。そして、何だか妙な雰囲気なら帰ってくればいい。

そう決心して、友子は〈聖・魔女団〉へ出向いたのである。

そして——友子はごく丁重に扱われた。

その〈聖・魔女団〉本部で、友子は〈司祭〉と呼ばれている、一番の幹部に引き合わされた。

黒いマント、頭には深い頭巾をかぶり、その〈司祭〉の顔は見えなかった。

だが、どうやら友子のことを気に入ってくれたらしい。〈司祭〉の前から退がって待っていると、アンナという名の女性幹部がやってきて、

「私たちの仕事をお願いすることになったわ」

と言ってくれた。

「よろしくお願いします！」

と、友子が喜んで頭を下げると、

「うちの仕事については、モデル仲間にも口外しないで。分かったわね？」

「はい。——あの〈司祭〉という方が一番上なんですか？」

「え？　ああ……。〈マリア〉様のことね」

「マリア様ですか」

「とても立派な方よ」

と、アンナは言って、

「あなたにとっても、プラスになるわ。見ていらっしゃい」

と、ちょっと謎めいた微笑を浮かべた。

そして、友子が事務所に戻ってみると、別に三つもの仕事が入っていたのである。

「もともと、人に頼りたがる友子は、すぐにアンナというメンバーを姉のように慕（した）うことになってしまいました。——僕も、友子から話は聞いて、怪しげだなとは思っていましたが、でも、まさか殺人まで……」

「〈マリア〉に〈アンナ〉か……」

と、クロロックは足どりを緩め、

「あのホテルか？」

「――そうです！　やっと着いた」

と、すっかり汗をかいて、福原は肯いた。

「８０２号室です！」

# 危機一髪

「友子(ともこ)！　――開けてくれ。僕だ」

と、福原(ふくはら)がドアを叩いて言った。

「――友子！」

返事がない。クロロックとエリカは顔を見合わせた。

「どうする？」

「開けて入るか」

「――おかしいですね。待ってると言ったんだけど」

「開けてみよう」

クロロックは肯(うなず)いて、ドアのノブに手をかけた。そこへ、

「おい、君たち。何してるんです？」

と、声をかけてきたのは、ガードマン。

「やあ、こちらの方ですかな」

と、クロロックは愛想良く、

「実は、ちょっとドアを開けたい。あんたはここのマスターキーをお持ちでは？」

「それは……もちろん持ってますが、客のＯＫもなしに、開けることはできません」

「それはそうだ。いや、あなたは実に立派なガードマンだ！」

「ま、それほどでも……」

「中の客が病気かもしれんのだ。そのときは開けてもいいのではないかね？」

「病気？」

「そう。——声も上げられない、重い病かもしれんのだ……」

クロロックのひとにらみ。——ガードマンは、一瞬で催眠術にかかり、

「いや、ごもっとも！　客の安全が第一ですから！」

「では、ちょっとこのドアを開けてくださるかな？」

「かしこまりました！」

ガードマンは、マスターキーを手にドアへ近付いた。

エリカは、なんとなく気になっていた。

「お父さん、部屋の明かり……」

「明かりがどうした」

「ドアの下の隙間から洩れてくるでしょ、普通。それが見えない」

「なるほど」

クロロックはしゃがんでドアの下を覗き込んだ。

ガードマンがマスターキーを差し込み、

「では、開けます！」

と、高らかに言った。

「隙間をテープのようなものでふさいである。――開けるのを待て！」

と、クロロックが叫んだとき、ガードマンは得意げにドアを開けた。

「ウッ！」

ガードマンが呻く。

黒い煙がドアから流れ出て、ガードマンを包んだ。

「煙を吸うな！」

クロロックが、ガードマンの体をつかんで引き戻すと、大きく開いたドアの前にマントを広げて立ちはだかった。

黒い煙が、部屋の中に充満していた。

クロロックが思い切りエネルギーを送ると、正面の窓が破れ、そこから煙は一気に吸い出されていった。

エリカは福原とガードマンを引っ張ってドアから離れ、床へ伏せていた。

ゴーッという風の唸りの後、

「――もう大丈夫だ」

と、クロロックがさすがに汗をかいて言った。

「今の毒ガス？」

「ああ。――ガードマンはどうだ？」

エリカはガードマンの手首を取った。

「――死んでる！」

クロロックはため息をついて、

「悪いことをした。――もろにガスを吸い込んでしまったな」

「どうして……」

「待て。外へ流れ出たガスを散らす」

クロロックが急いで８０２号室へ入り、正面の割れた窓から外へ向かって風を起こした。

「――友子は？」

福原が立ち上がって言った。そして、自分も急いで部屋へ入っていった。

エリカもそれに続いた。

「――誰か倒れてる」

エリカは、ベッドの傍の隙間に、長いコートの女が仰向けに倒れているのを見付けた。

「――これは確か、ソフィアという女です」

と、福原が言った。

「友子と話しているのを見たことがある」

クロロックが汗を拭いて、

「もう大丈夫だろう。――その女は死んでるな」

「うん。少し前に」

「ドアに中から目貼りをして、自分は窓からでも出るつもりだったのか。――あの失敗の責任を取らされたのかもしれんな」

と、クロロックは言った。

「友子はどこにも……」

「一旦引き上げよう」

と、クロロックは言った。

「この女の死体、このままにしとく？」

と、エリカが訊いた。

クロロックが振り向くと、

「そうだな……。まるで隙間へ押し込まれたようだ」

「どうしてだろうね？」

「引っ張り出してやりますか」

と、福原が女の手をつかもうとする。

「待て」

クロロックはカーテンの布地を引きちぎり、細く裂くと、女の手首へ結びつけた。

「廊下へ出よう」

三人が廊下へ出て、クロロックは、細長いロープ状の布を引いてきて、廊下でぐいと引っ張った。

部屋の中で、ソフィアの体が引かれて起き上がる。

同時に爆発が起こった。

足もとを揺るがす轟音と共に、ドアが吹き飛び、壁にもひびが入った。

「——爆弾？」

エリカが、尻もちをついて目を丸くしている。

「女の体の下に仕掛けておいて、体を起こしてやると爆発するようになっていたのだ」

「——三度も命拾いした！」

福原は、すっかり腰が抜けたのか、廊下に座り込んでいる。

「窓が壊れていたから、そこから大分爆発のエネルギーが抜けた。でなければ、廊下まで吹っ飛んでいたかもしれんな」

と、クロロックは言った。

「このホテルの人に何か言っとかないとまずいんじゃない？」

と、エリカは言った。

「その前に確かめたいことがある」

「何？」

「こういうものを仕掛けると、人間、その結果を見届けたくなるものだ」

と、クロロックは言うと、

「あんたはここで休んでるか？」

「いえ、行きます！」

と、福原はあわてて立ち上がった。

「これ以上ここにいたら、本当に命がないかもしれませんからね」

すっかり怯えてしまっている福原だった。――それが普通だろう。

「では行こう」

三人が階段を下りていくと――エレベーターは、爆発で使えないかもしれないので――あわてて逃げ出すパジャマや浴衣姿のサラリーマンたちが、我先に階段を駆け下りていく。

「何ごとです、今のは？」

と、クロロックたちと並んで下りている中年のサラリーマンが訊く。

「大したことはありませんぞ。毒ガスと爆弾がたまたま一緒になって――」

「毒ガス？　爆弾？」

と、目を丸くする。

「ま、もうないでしょう」

と、クロロックはやさしく請け合った。


「――やったわね」

と、アンナが言って、青ざめた顔でじっとホテルを見上げている友子へ、

「これで片付いたわ」

「ええ……」

「気がすんだ？」

「はい」

友子は肯いた。

「じゃ、マリア様の言いつけ通り、やるわね？」

「――やります」

「結構」

アンナは、フランチェスカへ、

「車を出して」

と言った。

友子は車を降り、アンナとフランチェスカの車を見送ると、手にした黒い筒を見下ろした。これ一つで、数千人を殺すことができる。

仕返し。——仕返しだ。

友子は、足早に、何かから逃げるように歩き出した……。

一方、車を運転していたフランチェスカは、

「大丈夫でしょうか」

と言った。

「あの子？」

後ろの座席で、アンナが息をつくと、

「どうかしら……。どっちにしても、あの子は死ぬわ」

「長生きできない運命(さだめ)ですね」

「そう。それなら、お役に立って死ぬ方が、本人のため」

「でも……あの五人は可哀そうなことをしました」

「仕方ないわ。大きな目的のためには、犠牲も必要」

　アンナはちょっと笑って、

「私たちは除いてね」

　と付け加えた。

「明日、あの子がうまくやれば……」

「少なくとも数百人が死ぬでしょう。次の犯行を思い止(とど)まらせたければ、十億円払えと言ってやる」

「でも、出しますか？」

「出すわよ。第二の事件発生を阻止できなかったら、政府が非難されるでしょう。それならこっそり取引して、税金から十億円ぐらいひねり出すのはわけないわ」

　と、アンナは言った。

「マリア様に気付かれたら？」

「大丈夫。──あの方は直接関(かか)わりはしないから、私たちがうまく立ち回れば……」

「十億円か！　──入ったらどうします？」

「外国の銀行の口座へ振り込ませて、それを確認したら、二人でさっさと逃げ出しましょう。一生遊んで暮らせるわ」

　アンナは笑った。

フランチェスカも笑った。――そして、もう一つ笑い声が……。

「――今のは？」

「分かりません」

すると、車の窓の外に、クロロックの顔が上から逆さに現れたのだった。

「キャッ！」

と、フランチェスカが声を上げる。

「いや、突然失礼」

クロロックは車の屋根に乗って、窓の外へ顔を出しているのだ。

「お話をすっかり聞いてしまった」

「振り落として！」

と、アンナが叫ぶ。

フランチェスカが車を右へ左へ蛇行(だこう)させた。

「おっとっと！」

クロロックはフワリと屋根から落ちそうになって、しかし楽々と車のボディにペタッと貼りついた。

「化物！」

「化物とは失礼な。化物はそっちの方だろうが」

「何ですって！」

「あのホテルで仲間の一人を殺し、ガードマンも毒ガスで命を落とした。あんたたちも、その償いをしなさい」

「殺してやる！」

アンナが、ポケットから拳銃を取り出す。

「キャーッ！」

と、フランチェスカが叫んだ。

車を飛ばしていたので、赤信号を無視して突っ込んでしまった。

目の前に、巨大なトレーラーが出てきた。

急ブレーキは、とても間に合わなかった。

次の瞬間、二人の車は、トレーラーにぶつかって、はじき飛ばされた。

クロロックはぶつかる直前に飛び下りて、車がひしゃげ、大破して転がっていくのを見ていた。

「自業自得だ」

と、呟く。

車が火に包まれた。――それは音をたてて焼けていった。

# 償い

Kホテルの宴会場は、五百人近い客で一杯だった。

「問題は？」

と、水野（みずの）が訊（き）いた。

「ありません」

と、係も汗をかいている。

「しかし、良かったな。あんな事件の後で、キャンセルされるかと思った」

「全くです」

「うまくやってくれよ」

と、水野は係の肩を叩いて、宴会場を離れた。

「——水野さん」

と、呼ばれて振り向く。

「君……神代（かみしろ）君！」

エリカが柱のかげから現れて、

「どうしてそんなにびっくりするんですか？」

と訊いた。

「いや、別にびっくりなんか……」

「アンナから、私たちが死んだと聞いてたからでしょ？」

「何のことだ？」

「〈聖・魔女団〉の本部はもう警察が入りましたよ」

と、エリカは言った。

「何だって？」

「あなたの指紋も沢山でているはずです。諦めてください」

水野は目を見開いて、

「君は悪魔か！」

と言った。

「私はただの吸血鬼。――あなたはなぜこんなことを？」

水野は深く息をついて、

「祖先の霊の命令だ」

「祖先の？」

「僕の祖先は、ヨーロッパから日本へ渡ってきた。魔女狩りの手を逃れて。――家族や友人が、大勢、証拠もなく火あぶりになったんだ」

「じゃ、その生き残りが……」

「僕は小さいころからその話を聞かされて育った。……代々、母親が我が子に祖先の受けた迫害の恨みを語って聞かせたんだ」

「それでこんなことを？」

「僕は、病気でもう長くない」

と、水野は言った。

「僕は一人っ子で、子供もない。恨みの歴史が僕で絶えてしまうんだ。それを知ったとき、僕は自分の力で恨みを晴らそうと決心した」

「でも、そのために罪のない人たちを？」

「みんな祖先の罪を負ってるんだ。長い歴史の中では、誰もが」

「償わせ、二度と起こらないようにすれば、それで良かったんじゃありませんか」

「いや、夢の中で何度も責められた。早くしろ。早くしろ、と」

水野はため息をついて、

「君のおかげでやりそこなったようだね」

と言った。

「しかし、もうじきあの宴会場で――」

水野が咳払いして、

「神代君……。僕も、どうせ罪を償うつもりではいた」

と言うなり、グタッと床に倒れた。

「水野さん！」

エリカが駆け寄る。

「毒を――」

「歯の中にいつも仕込んである……。これでいい……。君、あの宴会を――」

「分かってます。友子さんは、さっき自分で死のうとして、父が止めました」

「――そうか」

水野はちょっと笑って、

「それじゃ……すっかりしくじったんだな」

「水野さん……」

「しかし、妙だな……。何だかホッとしてるんだよ」

と、水野は言って、不意に息が詰まった様子で、二、三度咳き込み、そしてぐったりと倒れた。

「――死んだか」

クロロックがやってきた。

「うん……。友子さんは？」

「今、保護した」

「良かった！　毒ガスは？」

「容器に時限装置がついていて、いずれあの子は死ぬことになっていたのだ。それを知って、友子も目がさめたらしい」

エリカは、福原と友子がやってくるのを見て、手を上げてみせた。

「エリカさん」

福原が倒れている水野を見下ろして、

「本当に水野さんが？」

「女装して、マリアと名のっていたのよ」

「声の低い人だと思ったわ」

友子は福原の腕をとって、

「あなたもあの人たちの味方だと思ってた」

「冗談じゃないよ！」

「でも、どうして私があのホテルにいるって分かったんだろ」

クロロックが、友子の首にかけてあったドクロのペンダントを外して、

「これをかけていたね？」

「ええ……」

「これがマイクになっている。電話している声を、連中が聞いていたのだ」

「何だ！　――私、てっきり……」

友子は赤くなって、

「ごめんなさい」

と、福原に言った。

「代わりに、僕の恋人になってもらうぞ」

「そんな……。もうなってるわ」

と、友子は言って、福原に抱きついた。

――二人が行ってしまうと、

「哀れな男だ」

と、クロロックは水野を見下ろして言った。

「祖先の呪いを、ずっと吹き込まれて育ったのね」

「怖いものだな」

と、クロロックは言って、

「おっと……。携帯が鳴っとる」

あわてて携帯電話に出ると、

「涼子か。――うん、もちろんだ。――いや、会社にはいないが、別に浮気してるわけじゃない！　本当だ！」

必死で弁解しているクロロックを見て、エリカは、

「女房のやきもちも怖いわね」

と呟いたのだった……。

# 吸血鬼、荒野を行く

# 大地は揺れる

「エリカ……」

　と、眠そうな声で、橋口(はしぐち)みどりが言った。

「——どうしたの？」

　夜中といってもいい時刻である。バスの中、ほとんどの乗客は眠っているので、エリカは小声でそう言った。

「あとどれくらい乗るの？」

　と、みどりは訊(き)いた。

「さあ……。私もこんな夜行バス、初めてだもん。分かんない」

　と、エリカは首を振って、

「どうして？　酔った？」

「違うの。お腹(なか)が空(す)いて……。ま、仕方ないから寝よ」

「目をつぶってるだけでも楽よ」

と言って――エリカはバスの窓から見える深い山並みと、それを白く染め上げる月の光の作り出す、ふしぎなモノクロの世界――銅版画のような、と言うのか――を眺めた。

エリカは、今、通路の向こうの座席で口を半ば開けて寝ているフォン・クロロックの娘だから、夜になった方が元気である。

本当なら、純粋吸血鬼のクロロックの方が夜は強いはずだ。人間の母親との間に生まれたエリカは多少「人間寄り」に育っている。

しかし、当のフォン・クロロックはスヤスヤと眠っている。――〈クロロック商会〉の雇われ社長として、普通の人間の生活パターンで暮らしているうち、「昼起きて、夜眠る」という生活が身についたようだ。

特に、亡くなった母と違って、後妻の涼子はエリカより一つ若い！　今、クロロックの隣の席で眠っている。

そして、二人の間にスポッと納まっているのが、二人の「愛の結晶」、虎ノ介である。

まあ、お父さんもすっかり「マイホーム・パパ」になってしまったものだ。

正統な吸血鬼一族として、「少し情けない」と言われれば反論できないかもしれないが、当人が幸せならいいじゃないの……。

もっとも、「幸せそうに眠っている」という点では、N大学での神代エリカの仲間、橋口みどりと大月千代子の二人も負けていない。

秋、連休を利用して山間の温泉へ行こう、という話が盛り上がり、かくて夜行バスに揺られているという次第だが——。

「エリカ」

と、クロロックが言った。

「うん？　どうしたの？」

「今、何か感じなかったか」

「感じるって、何を？」

「いや……。夢だったかな」

と、クロロックは窓の外へ目をやった。

エリカも、父が真剣なのを見て、

「心配するようなこと？」

「まあな」

吸血鬼同士の二人、聴覚が人間の何倍も鋭いので、人には聞き取れないくらいの小さい声でしゃべっていた。

「月が明る過ぎる」

と、クロロックは言った。

「さっきな、何か大地が身震いするのを感じたのだ」

「身震い？」

「その予感みたいなものかな」

「それって……」

「気のせいでいてくれたらいいのだが……」

――バスは安定したスピードで、山道を走り続けている。

エリカは、カーブの多い山道を、眠っている乗客を起こすことなく走らせているドライバーの腕に感心していた。

クロロックは座席から立ち上がると、バスの前の方へと歩いていった。エリカたちの席はバスの一番後ろの方だったのである。

エリカも、父についていった。

バスガイドが、一番前の専用シートでコックリコックリと居眠りしている。

「運転中、申しわけない」

と、クロロックが声をかけると、バスガイドがハッと目を覚まし、

「失礼しました！」

「いやいや、起こしてしまってすまん」

と、クロロックは言った。

「まだしばらくこの山道が続くのかね？」

「はあ、たぶん……」

と、バスガイドの若い娘は口ごもって、

「私もこのルート、めったに来ないんで……」

「そうか。ではどこも同じように見えるだろうな」

ドライバーが、

「どうかしましたか？　ご気分でも悪くなられたのなら——」

と、前方へ目をやったまま言った。

「邪魔をして申しわけない」

と、クロロックはドライバーの方へ寄って、

「そのまま運転を続けていてくれ。——ちょっと心配なことがある」

「何でしょう？」

「山の中、これだけの森だ。フクロウや、ムササビのような夜行性の生きものが沢山いるだろう」

「そうですね。バスの前にタヌキが飛び出してきてヒヤリとすることがありますよ」

「今、その動物たちの声が全くしない。気配もない」

ドライバーは三十歳前後の、肩幅の広いがっしりした体格の男だった。〈運転手〉というプレートの下に、〈下村克哉（しもむらかつや）〉とあった。

「下村君というのか。——信じてもらえないかもしれんが、私は特別に耳がいい。このバスの中からでも、森の中の鳥の声は聞くことができるのだ」

さすがに、ドライバーはチラッとクロロックを見て、クラッチを踏んだ。

「一旦停めましょう」

と、静かにバスを停め、

「ルリちゃん。このお客さんと一緒にバスを降りてみてくれ」

「はい」

ルリと呼ばれたバスガイドは、まだずいぶん若い。エリカと同年代だろう。丸顔で、体つきも全体に丸く、みどりに近い。

扉がシュッと音をたてて開くと、クロロックとエリカ、そしてバスガイドのルリの三人は外へ出た。

エリカも、そのときになって初めて気付いた。——全く動くものの気配がない。

さすがにクロロックは走っているバスの中でそのことに気付いていたのだ。

「——本当です」

と、ルリがバスに再び乗って、

「物音一つしません」

下村というドライバーはクロロックを見て、

「どういうことですかね」

「悪い想像は当たってほしくないが……。地震が来る前には動物たちが本能的に危険を察知して逃げ出すという。——これがもしそうなら、地震のときこの山道を走っているのはかなり危険ではないかな？」

「十中八九、落石の下敷きです」

と、下村は言った。「しかし……だからといってどこへ逃げるか……」

ルリがふと思い出したように、

「あと一キロも行くと、たぶん谷間の村へ下りる道があります」

「うん。しかし、狭い道だ。一旦下りたら、Uターンして戻るというわけにいかない」

「はあ……」

「時間通りに先方へ着くのは不可能になる。ただでさえ、今の営業所長はバスが遅れるのにやかましい」

「責任は私が取る」

と、クロロックは言った。

「何とかこの道から外れてくれないか」

下村はニヤリと笑って、

「お客様に責任を取らせるほど、私も落ちぶれちゃいません」

と言うと、扉を閉めた。

「そうと決めたら、一秒でも早い方がいい。——行くぞ。ルリ、前方をよく見て、道の分かれる所を見落とさないようにしろ！」

「はい！」

エンジンが唸り、バスが身震いすると、山道を今までの倍近いスピードで走り出した。

「——あのお地蔵さんの先です！」

と、ルリが指さす。

「よし。少し揺れるぞ」

バスは大きくカーブを切ると、舗装のしていない道を下り始めた。

ガタガタとバスが揺れて、何人かの客が目を覚ます。

「——どこだ？」

「この道、何だ？」

と、声が上がったが、構ってはいられない。

バスは、深い谷の合間へと下りていった。

「——村があるのか」

と、クロロックが訊くと、ルリが、

「はい。小さな村です。今度、ダムができて水の底に沈むことになっているんです」

「人は住んでいるのか」

「はい、まだ……」

そのとき、バスの前方が急に開けた。——谷間の盆地に、黒々と家が固まって、点々と灯(あかり)が覗(のぞ)く。

バスは曲がりくねった道を辿(たど)って、やがてその村の入り口へとやってきた。

「——ここで停めましょう」

と、下村が言った。

「バスがUターンしようと思うと、ここしかないんです」

バスは、砂利道を進んで、木造の大きな建物の前の空き地で停まった。

エンジンを切ると、急に静かになる。

「——どこだ、ここ？」

と、目を覚ました乗客が口々に言い出したので、他の客も起き出した。

「もう着いたの？」

と、みどりが欠伸(あくび)をして、

「でも——旅館街にしちゃ寂(さび)しい所ね」

「ここは温泉じゃない！」

腹を立てた客が前の方へやってくると、

「おい、一体どういうことなんだ、これは！」

と、ドライバーとガイドに食ってかかった。

「まあ、待ちなさい」

と、クロロックが立ち上がると、その客の前に出て、

「地震の来そうな気配があって、緊急に避難したのだ」

「地震だって？　一体いつ地震があったっていうんだ？」

「『あった』のではなく、『これからあるかもしれない』地震のことだよ」

「馬鹿らしい！　そんなこと、一体どうして分かるって……」

と、その客はクロロックと目が合うとクラッとして、

「うん……。確かに大変だ。ここへ逃げてきたのは正しい！」

そして今度は他の乗客の方を向いて、

「皆さん！　この勇気ある運転手に拍手を贈りましょう！」

クロロックの催眠術は、どうも効きすぎる傾向がある。——バスガイドの安川ルリは、
成り行きに目を丸くしている。

「——人間、誠意を以て当たれば分かってもらえるものだよ」

と、クロロックは澄まして言った。

そのとき、バスの扉を叩く音がして、下村が扉を開けた。

「下村さん！」

と、セーター姿の若い女性が顔を出す。

「やあ、恵(めぐみ)か」

「どうしたの？　こんな時間にバスが停まるんだもの、びっくりしたわ」

「ちょっとな……。親父さんは？」

「今、起き出してるわ。何かよほどのことがあったに違いないって、ちゃんと制服着て行かなきゃいけないんだって……」

「相変わらずだな」

と、下村は笑って、

「実は、地震が起こりそうだっていうんで、山道は危ないからここへ避難して来たんだ」

「まあ、地震？」

恵という娘は目を丸くして、

「いつ起こるの？」

そのとき――エリカもはっきりと感じた。クロロックと顔を見合わせると、二人同時に、

「今だ！」

一瞬の間を置いて、大地が大きく揺れ始めた。

# 訪問者

悲鳴を上げる余裕もない、と言うのが正しいだろう。

バスが左右に大きく揺れた。乗客は座席から転がり落ちないように、必死につかまっている。それでも何人かは床へ投げ出された。

クロロックは揺れ始めるより一瞬早く、妻子の所へ駆けつけ、虎ちゃんを片手に抱え上げ、もう一方の手で涼子を固く抱きしめていた。

バスの乗り口のステップに足をかけていた恵は、バスの一揺れで地面へ放り出されてしまった。

「恵！」

下村が飛び下りると、倒れている恵の上に覆いかぶさるようにしてかばう。

エリカは手近な棒につかまっていたが、こんなときでも、バスガイドのルリが、恵という娘の所へ駆けつける下村を哀しげな目で見ているのに気付いていた……。

——揺れは大きかったが、そう長くは続かなかった。

「――止まった」

と、誰かが言った。

「もう大丈夫だ」

クロロックが涼子の肩をやさしく叩いて、

「大地のエネルギーが解放された。これ以上は揺れん」

下村が恵を立たせると、

「けがないか」

「ええ。――私、村のことが……」

「火事が怖いぞ」

と、クロロックが言った。

「本当だわ！　父に言ってきます！」

と、恵は駆け出していった。

「沼原(ぬまはら)恵といって、この村の駐在の娘です」

と、下村が言った。

そして、バスの中を覗(のぞ)くと、

「おけがはありませんか？」

何人か、膝(ひざ)をすりむいた客がいただけだった。下村はルリに、救急箱を出させて、手当てするように言った。

「——山道は、あの揺れじゃ何カ所も落石して通れなくなってるでしょう。営業所へ連絡してみます」

「君は偉い！」

と、乗客の何人かが下村へ拍手を贈った。

「エリカ。もし消火が必要なときは手伝うぞ」

「うん」

二人はバスを降りた。

目の前の木造の大きな建物には〈鬼頭村公民館〉という札がかかっている。

村の中も、やっと騒ぎが始まっていた。——通りへと住人たちが次々に出てくる。

「火を消せ！　——まず火を見ろ！」

と、叫んで駆け回っているのは、巡査の制服に身を包んだ男で、

「火を出すな！　それからけが人がいたら申し出なさい！」

どうやら至って実直な、真面目な「お巡りさん」らしい。

「——どうやら大丈夫そうね」

と、エリカは言った。

「うむ。——古い木造の家ばかりだが、丈夫だな。一軒も潰れとらん」

と、クロロックが感心した様子。

「――エリカ」

と、みどりがバスから降りてくる。

「みどり、大丈夫だった？　お腹空いてるでしょうね。何か頼んであげるわ」

「うん……。それより、何があったの？」

「みどり――。地震に気が付かなかったの？」

「地震だったの？　何か揺れてるような気はしたんだけど」

こういう人は、たいていどんな事故に出くわしても無事なのである。

――さっきの沼原恵が白髪の老人を連れてやってきた。

「下村さん。村長さんが」

「あ、どうも」

と、下村が恐縮している。

「地震を察して、村へ下りてきたって？　大したものだな！」

寝ていたのだろう。寝衣の上に丹前を着込んでいる。

「いや、僕じゃありませんよ、言い当てたのは。こちらのお客さんで」

「フォン・クロロックと申します」

「ほう！　マントとはまた懐かしい！　昔の一高生のようですな」

と、クロロックと握手をし、

「私はこの鬼頭村の村長、谷村弥一といいます」

「幸い、火は出なかったみたい」

と、恵が言った。

「良かったね」

「いや、どうせ近々ダム工事で湖の底に沈むことになる村ですが、火事で焼け出されるというのは……」

「お父さん！　どう？」

ちゃんと制服を着込んだ警官が息を弾ませつつやってくる。

「火の元は心配ない。けが人が何人か、棚から落ちた物が頭に当たったとか、そのくらいのものだ」

沼原健というのが、その駐在所の巡査の名前だった。

「ただ、家によっては戸棚やタンスが倒れて、明るくなってからでないと片付けられん所がある。――村長さん、公民館を開けていただけますか。今夜一晩だけ、二十人ほどやすませたい」

「できたら、うちのお客さんたちも」

と、下村が言った。「手があったらおにぎりでも用意してもらえないかな」

「私、やるわ！」

と、恵が張り切っている。

「――下村さん。トイレを借りたいという方が」

と、ルリが顔を出して言った。

「ああ、今すぐこの公民館を開けてもらう。少し待てないか訊いてくれ」

「はい」

クロロックは、すぐに引き返すルリを見て、

「若いのに、落ちついてよく働く子だ」

「ええ、助かってますよ。今の子はたいていすぐやめていくんで」

エリカの目には、ルリが頑張っているのも下村への想いがあればこそ、とはっきり分かるのだが、なかなか当人には分からないものかもしれない。

村長の谷村が役場の部下を呼んで、公民館を開くように指示を出した。

「恵、お前は蔵前先生を手伝って、けが人の整理をしてくれ」

と、沼原巡査が言った。

「でも、おにぎりは――」

「それは、かみさんたちに頼むから。いいな？」

「はい……」

恵は下村のそばにいられないのが不服らしかったが、逆らいはしなかった。

「――ん？　血の匂(にお)いだ」

クロロックがちょっと眉をひそめて振り向くと――。

「お化け！」

と、みどりが飛び上がった。

しかし、もちろんお化けではなかった。――パジャマ姿の少女が、裸足(はだし)で立っていたのである。頭から血を流し、顔に何本も血が筋を描いて、さらに滴(したた)り落ちた血がパジャマに飛んでいる。

「――みゆきちゃん！」

と、恵がびっくりして、

「どうしたの？　そのけが……」

「タンスの上から壺が落ちてきて……」

と、少女は言った。

「まあ！　一緒に先生の所へ行きましょ」

「いやだ」

と、みゆきという少女はなぜか怯(おび)えたように後ずさった。

「私が一緒だから大丈夫。ね？」

「それじゃ、裏口から入りましょ。私が先生を呼んであげる。それならいいでしょ？」

みゆきという少女は、十四、五に見えたが、人の目を警戒しながら、同時にひどく怯えて、そのせいで誰にも敵意を持っている様子だった。

「さ、私も蔵前先生の所へ行くから、一緒に行きましょ」

どうやら恵の言うことだけは素直に聞くようで、みゆきという少女は恵に肩を抱かれて歩いていった。

「待ちなさい」

と、クロロックが言って、バスの中へ戻ると、すぐにビニールのスリッパを取ってきて、みゆきという少女に渡した。

「これをはいて。地震で割れた窓ガラスで足を切ると破傷風になるぞ」

みゆきは無表情のまま、

「ありがとう」

と、スリッパを受け取ってはいた。

「――何かいわくありげね」

と、エリカが言うと、

「村長の顔を見ろ」

谷村村長は、なぜかこわばった表情でみゆきという少女の後ろ姿を見送っている。

——七十になろうかという年寄りが、十四、五の女の子をこんな目つきで見るのは、普通ではなかった。

「何かあるのね」

「うむ……。小さな村でも、人が生きて暮らしている限り、憎悪も愛もあるのだ」

と、クロロックは言った。

そこへ、風が吹きつけてきた。さすがに冷たい。

「——風邪(かぜ)ひいちゃう。バスの中に入ってようよ」

と、エリカは言ったが、

「この臭(にお)いは……」

と、眉をひそめている。

「——どうしたの？」

クロロックは、沼原巡査に、

「今日、こちらでお葬式がありましたかな？」

「葬式ですか？　いや、ありませんが」

「そうですか」

「そういえば、この地震で墓地がどうなったか、見てておかんと」

と、沼原が思い付いたように言う。

「ここの墓地はどの辺に？」

「この先の山の斜面です。中腹の少し平らになった所で。――ここは伝統的に火葬でなく土葬なんです」

「そうです。――ま、ダムができれば、それも終わりですが」

「遺体をお骨にせずに、そのまま埋めているわけですな」

と、沼原は言った。

エリカは、クロロックとバスの方へ戻りながら、

「何だったの？」

「うむ……。さっき風にのって死臭が匂った」

「死臭？」

「地震で墓が壊れたのかな。中の遺体が外気に触れたのかもしれん」

バスへ戻ると、

「あなた！」

と、涼子が呼んだ。

「虎ちゃんにもう一枚着せるから、バッグを棚から下ろしてよ！」

「はいはい！」

クロロックが飛んでいく。
エリカは、颯爽とマントを翻すのはもう少し違うときにしてほしいわね、と思った。

# 血なまぐさい朝

エリカは、寝返りを打って、いつものくせで大きな枕を抱きかかえようとした。

「――どうして枕がないの？」

と呟いて……。

「あ、そうか」

家じゃない。ここは――〈鬼頭村〉の公民館なのだ。

起き上がって、左右を見回すと、広いホールにズラッと布団を敷いて、バスの乗客たちが眠っている。下は固い床だが、みんなぐっすり寝ているのは、村の人たちが充分に布団や毛布を貸してくれたからだ。

あの地震で、どの家も中は相当めちゃくちゃになっただろうに、すぐにご飯を炊いておにぎりを作ってくれた。――みどりなど、めざましい食欲を発揮して、人々をびっくりさせたのである。

エリカはそっと布団から出た。

父、クロロックは、こんなときだというのに、愛妻涼子を抱いてスヤスヤと眠っている。

洗面所でザッと顔を洗うと、エリカは公民館の裏へ出た。

庭というほどではないが、少し広い空き地があって、子供の遊び場が作られている。

そして、ゆるい斜面へと続いて、小高い丘。

地震のせいか、すべり台は横倒しになってしまっていた。

スー、スー……。

エリカは、近くで深い寝息を耳にして、足を止めた。こんな外で？

見ると、遊び場のベンチに、毛布にくるまった少女が眠っていた。

昨日、頭から血を流していた「みゆき」という少女だ。

蔵前という医者の所で手当てしてもらったのだろう、頭に包帯を巻いている。

それにしても、この山中での朝はかなり冷えて、吐く息が白くなる。こんな寒さの中で……。

エリカが起こそうとすると、

「——確かにあの墓なのか？」

という声。

あれは村長の谷村だ。——エリカはとっさに木立のかげに隠れた。

「地震で、いくつかの墓石が倒れています」

と、沼原(ぬまはら)巡査が言った。

二人は庭へ出てくると、

「——失くなったというのは、どういうことだ」

「分かりません。誰かが持ち出すとも思えませんし……」

「しっ！　待て」

谷村が、みゆきに気付いた。

「——何だ、こんな所で。おい、起きろよ」

沼原に体を揺さぶられて、みゆきがハッと起き上がる。

「どうしてこんな所で寝てる」

「だって……家の中がめちゃめちゃで——」

「公民館の中で寝りゃいいじゃないか」

みゆきは黙って強く首を振ると、

「——帰ります」

「何も食ってないんだろう。村のかみさんたちが、朝ご飯の用意をしてる。食べていけ」

「いいです」

「寒いぞ。腹を空かしたら特に」

「放っとけ」

と、谷村が言った。

「腹が空くくらい何だ！　浩子は殺されたんだぞ」

みゆきは体を震わせて、

「お父さんがやったんじゃない！」

「じゃ、どうして逃げたんだ？　しかもお前を捨てて。子供を捨てて逃げるような男なんだ、お前の父親は」

みゆきが目に涙をためて、唇をかんでいる。

そこへ、

「爽やかな空気だ！」

と、クロロックが現れた。

「やあ、村長さん！　昨夜はぐっすり眠りました」

「それは良かった」

と、谷村がクロロックの方へ向いている間に、みゆきは毛布を抱えて駆け出していった。

エリカは、みゆきがゆうべのスリッパをまだはいているのを目に留めていた……。

「おはようございます」

　と、ドライバーの下村がやってくる。

「おはよう。山道はどうかね？」

「電話線が切れていて、つながりませんが、バスの無線で何とか連絡できました。バスがどうなったか心配していたらしいので、全員無事と分かって大喜びしていました」

「そうか」

「しかし、山道はあちこちかなり大きな岩が落ちてきて、ふさがれているそうです。ここまで救助が届くのは相当先になるというので……」

「それは困ったな」

　と、谷村は腕組みをして、

「県の主催する会議がある。それに何とか出たいが……」

「バスのルートを通っていこうとしたら、何週間もかかります」

「それではこの村の暮らしにも影響が出るな」

「――どこか歩いていける道は？」

　と、クロロックが訊いた。

「山の中の道ですよ。――まあ、何でもないときなら、一日あれば山向こうの市へ出られますが」

と、沼原が言った。

「しかし、バスの乗客も、ここで何週間もお世話になるわけにはいかんでしょうしな」

と、クロロックは言った。

そこへ、沼原恵(めぐみ)が顔を出し、

「朝食の仕度ができましたー」

と、呼んだ。

それを聞いて、クロロックや谷村たちは、公民館の中へと戻っていった。


「——森川(もりかわ)みゆきっていうんです、あの子」

と、恵は言った。

「村長の谷村さんが、どうしてあの子を嫌ってるんですか?」

と、エリカは訊いた。

エリカと沼原恵は朝食のおにぎりとミソ汁を容器に入れて、「みゆき」の所へ届けに行くところだった。

村の中を抜けていくと、村人たちがそれぞれ地震で壊れたひさしや、ガラスの割れた窓などを直している。——恵は何人もの村人たちと言葉を交わしていた。

「——もう五年前です」

と、恵は言った。

「村は、ちょうどダム工事を巡って賛成、反対に分かれ、もめていたんです。村長さんは賛成派、あのみゆきちゃんの父親、森川淳士さんは反対派のリーダーでした。――もちろんこの村だけが反対しても、ダム工事そのものを中止させるわけにはいきません。でも、私も個人的には反対でした」

「それで？」

「――ある日、村長さんのお孫さんで、八歳だった浩子ちゃんが行方不明になりました。両親が車の事故で亡くなって、浩子ちゃんは村長さん夫婦が育てていたんです。そりゃあもう可愛がってらして……」

と、恵はため息をついた。

「――必死で捜索しました。そして丸二日たって、浩子ちゃんは丘の池に浮いていたのを発見されたんです」

「――殺されて」

「ええ。首をしめられていました。服も脱がされて……。みんな泣きました。もちろん村長さんご夫婦の落胆は見ていられないくらいで……」

恵は少し間を置いて続けた。

「そのうち、何人かの子供が、浩子ちゃんがいなくなる少し前に、森川さんと二人でいたと証言したんです。——でも、森川さんは子供好きだったし、浩子ちゃんもなついていましたから、ふしぎではないんです」

「じゃ、何か証拠が？」

「いえ、村の人たちは、森川さんを疑うようになりましたが、父は『証拠もなしで逮捕なんかできない』と言っていました。そうするうちに、森川さんが姿を消してしまったんです」

「行方不明に？」

「もちろん、方々に手配されて、捜索されましたが見付かりませんでした。――逃亡したのは犯行を認めたのと同じだと言われて、辛(つら)い立場になったのは、森川さんの奥さんと娘のみゆきちゃんです。二人とも家から外にも出られず、半月ほどして、奥さんは首を吊って自殺しました」

「じゃあ、みゆきちゃんは一人で家に？」

「ええ。誰もみゆきちゃんに声もかけませんし、遊ぶ子もありません。本人も、母親が死んだのは村の人たちのせいだと思っているので、村人に近付こうとしません」

「それで五年も？」

「ええ。――学校にもしばらくは行っていなかったんですが、小学校の校長先生がこの村の人で、何とか学校へ通わせるようにしたんです。学校へ行くと給食があるし、夕食は給食の残りをもらって、帰って食べているようです」

エリカは気が重かった。

村の人たちの気持ちも分からないではないが、森川が犯人だと決まったわけでもないし、たとえ犯人でも、妻子とは関係ないことだ。

「あの家です。——あ、今言った校長先生です。岩田先生！」

「やあ、恵ちゃん」

穏やかな印象の老人である。

「みゆきちゃんに食事を持ってきたんです」

「そうか。私もね、どうしてるか心配で……。今、外から呼んだが、返事がない」

「いませんか？」

家そのものは決してボロではないが、手入れしていないいためか、今にも倒れてしまいそうに見える。——窓ガラスがほとんど割れていて、中から新聞紙などを貼ってふさいでいるが、それはゆうべの地震のせいではない。

新聞紙など色が変わってしまっている。

「みゆきちゃん！　——みゆきちゃん、いない？」

と恵が戸を叩いた。

「待って」

とエリカは言って、戸の歪んだ隙間に目を当てた。

この匂い……。血の匂いだ。

「戸を破ってでも、入った方がいいわ」

と、エリカは言った。

「何かありそう？」

「血の匂いがします。——ヤッ！」

エリカだって、人間とは違う力が出せる。戸がメリメリと裂けた。

中へ入って、恵が、

「みゆきちゃん！」

と声を上げた。

みゆきは古くすり切れた畳の上に倒れていて、板の間に、血だまりが広がっていた。

「これは何だ？」

と、岩田校長が目をみはった。

エリカはみゆきのそばへ膝をついて、

「——気を失っているだけです。特にけがしてはいないようですね」

「じゃ、この血は……」

エリカは、血だまりから、血に濡れた足跡が家の裏手へ出て、庭へ消えているのを確かめた。

「人の足跡には違いありませんね。でも、この足跡では、どう見ても裸足（はだし）です」

「誰の足跡だ？」

と、岩田校長が言った。

そのとき、みゆきが呻（うめ）くように声を出した。

「みゆきちゃん！　——しっかりして」

と、恵が呼びかけると、みゆきは荒く息をして、

「お父さん……」

と言った。

「お父さん……。行かないで……」

# 山道

「意識を取り戻してからは、一切口をきかないの」

と、エリカは言った。

「ふむ……」

クロロックが肯いて、

「しかし、村中が大騒ぎしているぞ。『森川が帰ってきた』と言って」

「仕返しされると思って怖がってるのよ。何しろ、奥さんは自殺して、娘さんはあのひどい家で、十歳から五年間も一人でいるんですもの」

公民館の庭で、エリカとクロロックは話をしていた。

「――クロロックさん」

ドライバーの下村がやってきた。

「おお、どうなったね？　連絡はついたのか」

「ええ。ヘリコプターで見てもらったら、ここからの山道は大丈夫らしいです。もちろん、これから落石などが起こる可能性はありますが」

「すると、山道を歩くことにするか」

「市の方からも人が出ます。途中で出会えるようにしてくれるということです」

「それは良かった。バスの乗客は全員歩くのかな」

「幸い、そうお年寄りもいませんし。ただ、向こうへ暗くなる前に着こうと思うと、早く出発した方が」

「よろしい。では早速用意をしよう」

クロロックはそう言ってから、

「下村君。──この村の墓地はどの辺にあるのかね？」

「墓地ですか。この……方向ですね。少し上っていった途中で……。市へ向かう道すがら、近くを通りますよ」

「そうか。──では、そのときに教えてくれ」

「分かりました。でも、どうして墓地を見たいんですか」

「私は『墓地評論家』でな。旅をすると、その行った先々の墓地を見ておくことにしているのだ」

「墓地評論家？　そんなの、あるんですか？」

「あるとも。今は何にでも評論家が存在するのだよ。『台所評論家』、『なわとび評論家』、

『ボールペン評論家』、『評論家評論家』……」

「何です？　その最後のやつは？」

「その評論家がどの程度の評論家か、論評するのが仕事だ」

「はあ……」

下村は呆気に取られている。

そこへ恵がやってきた。

「すぐ仕度して出かけるよ」

と、下村が言うと、

「あのね、父がみゆきちゃんを連れていってくれないかって」

「みゆき君を？」

「ええ。私もその方がいいと思うわ。もし、お父さんが帰ってきたのなら、いずれ捕まえなきゃいけないわけで、みゆきちゃんの目の前で逮捕するのは可哀そうでしょ」

「うん……。それはそうだ」

「私もついていくわ。その方がみゆきちゃんも落ちつくだろうし」

「そうしてくれると助かるよ」

下村の笑顔は、恵との間の、「ただの友情以上のもの」を感じさせた。

「――下村さん」

と、バスガイドの安川ルリが顔を出して、

「皆さん、仕度ができましたけど」

「ありがとう。じゃ出発しよう」

「下村さん、道は分かるの？」

「うん。山歩きが好きで、よく通ったからね」

「私もよ」

と、恵が言った。

ルリが、寂しげな目で二人を眺めているのに、エリカは気付いていた。


「色々お世話になって」

と、涼子が虎ちゃんを抱いて、ご飯を食べさせてくれた村の人たちに礼を言っている。

「お母さん、出かけるよ」

と、エリカが声をかける。

「ええ。――あの人は？」

「お父さん？　下村さんと話してるけど」

「呼んできて。虎ちゃんをおんぶしてもらわなきゃ」

「お父さんがおんぶするの？」

「そりゃそうよ。一家の主だもの」

こういうときになると、突然「一家の主」になってしまう。亭主というのは辛いものなのである（著者が「一家の主」になるのは奥さんの買い物のカード伝票にサインするときだけである）。

「待って。――じゃ、いいよ。私、おぶってあげる」

と、エリカは言った。

「あら、そう？　そうね、エリカさんも将来はこういうこともあるでしょうから、今のうちに慣れといた方がいいわね」

エリカはため息をつきながら、可愛い弟をおんぶした。

「――エリカ、似合うよ！」

と、面白がるみどりと千代子をにらんで、さて、出発しようとすると、

「待ってくれ！」

と、声がして、村長の谷村と岩田校長がやってきた。

「どうしたんです？」

と、下村が訊くと、

「我々も一緒に行く。連れてってくれ」

「お二人も？　でも――山道ですよ」

「年はとっても、小さいころからこの辺を歩き回っていたんだ。若いもんには負けん」

と、岩田校長が言った。

「私はどうしても明日の会議に出なくてはならんのだ。県庁へ行く」

と、谷村が言った。

「私も教育委員会に出席するのでね。他にも仕事があって、のんびり待っていられない
村の人が何人か同行するそうだよ」

――結局、十人ほどの村人が加わって、大分人数はふえてしまった。

「さあ、出かけましょう」

と、下村が先頭に立って、一行はゾロゾロと村の裏手の山へと入っていった。

「――大丈夫？　寒くない？」

恵が、みゆきのことを心配している。

「恵、頼むぞ！」

見送っている沼原（ぬまはら）巡査が、そう声をかけて手を振った。

「ワアワア！」

虎ちゃんは、こういう「ハイキング」が珍しいせいか喜んで手足を振り回している。

「ちょっと！　虎ちゃん、あんまりバタバタ暴れないでよ！　おんぶしてるの大変なん
だからね！」

もちろん、「おんぶひも」でくくりつけてあるから、落ちる心配はないけれども、振り回した手がときどきエリカの頭をポカッとやったりするのだ……。

並んで歩いていたみゆきが、虎ちゃんを見て、ちょっと笑った。――初めて見るみゆきの自然な笑いである。

「私も弟が欲しかったな」

と、みゆきは言った。

「何なら譲ったげようか？」

と、エリカは言った。

「エリカ！　ちょっと来い」

と、クロロックが呼んだ。

「はい！　――こっちは子守りもしてるんだよ」

つい、グチの出るエリカであった。

「――どこかおかしな所が？」

と、エリカはクロロックに訊いた。

「普通ではない」

クロロックがその墓地を見渡す。

「風が生ぐさいね」

「分かるか。――あの辺からだな」

斜面に作られている墓地に、地震のせいだろう、いくつか墓石が倒れていたが、それ以外には特に変わった所があるとは思えなかった。

「しかし、寂しい所だな」

と、クロロックは雑木林に囲まれたその墓地に立って、

「ここに葬られたら、寂しくてさまよい出たくもなるというものだ」

「何が出てきたっていうの？」

「見ろ」

クロロックは、墓地の一番奥まった辺りに木立に隠れるようにして立っている墓石の所へ行った。

「――あの匂(にお)いはここから流れ出たのだ」

そこだけは地面が少し高くなっていたせいで、地震で土台が崩れて、埋まっていた棺(ひつぎ)が半ば見えている。

クロロックは、棺のふちを軽く叩いて、

「ちゃんと釘で打ちつけてある。死臭(ししゅう)が漂ったのは、このせいではないな」

「じゃ、他の墓？」

「どうかな」

「ワア」

「虎ちゃん、変なことで喜ばないの」

と、エリカは言った。

「クロロックさん！」

下村の声がした。

「ここだ！　――出かけるか？」

「ええ、できれば」

「行こう」

一旦この近くで一行に休憩してもらって、この墓地を見に来たのである。

「――何かありましたか」

と、下村が訊く。

「そうだな。五年前の過去が埋まっている」

「どういう意味です？」

「そのうちに分かる。――たぶん、今に、向こうへ着くまでにな」

と、クロロックは言った。

山道は、思っていたほど辛くなかった。

上りは初めの何分かで、後は山の中腹を巻いて続く平らな道だったのである。

もちろん、道は細く、小石だらけで転びそうになったが、足下さえしっかり見ていれば大丈夫だった。

「——みゆきちゃん、大丈夫？」

と、恵が気をつかう。

「うん」

と言いながら、みゆきの足どりは少しずつ遅くなっている。

「待ちなさい」

クロロックが止めて、身をかがめた。

「——いかん。靴にまで気が回らなかったな」

みゆきを肩につかまらせ、左の運動靴を脱がせると、底がすり減って大きな穴があいている。

「まあ！　血が出てるじゃないの」

と、恵が言った。

足の裏が切れて血だらけになっている。

「どうして言わなかったの？」

と、恵が言うと、みゆきはちょっと肩をすくめて、

「これくらい平気だもん」

と言った。

「ハンカチを」

クロロックが、恵からハンカチを借りると、

「ちょっと消毒しよう」

みゆきの傷に、手をかざし、エネルギーを送ると、

「アッ！」

と、みゆきが声を上げた。

「熱い……。凄(すご)く……」

「もう血は止まった。それに消毒もしたからな」

クロロックはハンカチでみゆきの足の傷の所を縛ると、靴の穴の空いた所に、厚みのある葉っぱを敷いた。

「とりあえず、これをはいておきなさい。痛むだろうし、この凸凹(でこぼこ)道を歩くと、また出血するかもしれない。――よし、おぶっていってあげよう」

「そんな……」

と、みゆきが面食らっている。

「なに、大した荷物ではない。さあ、つかまって」

クロロックは軽々とみゆきを背負って、歩き出した。

「――どうして？」

と、みゆきがクロロックの耳もとで言った。

「何がだね？」

「私にやさしくしてくれるなんて……。私、人殺しの子供なのに」

クロロックは穏やかに、

「自分で信じていないことを、人に言っても信じてもらえないよ。もし本当に君のお父さんが殺人犯でも、君をこうしておぶっていたさ。それに、私は君のお父さんが犯人だとは思っていない」

「――本当に？」

みゆきが興奮して、体が熱くなっているのが分かる。クロロックはみゆきが泣き出しそうにしているのが分かった。

「涙が……出てきちゃった……」

「泣きなさい。君はまだ十五だ。泣きたいときは思い切り泣いていいよ」

そうクロロックは言って、ハッと足を止めると、

「土砂崩れだ！」

と叫んだ。

「早く逃げろ！」

ザーッと小石が落ちてくる。

そして——大きな岩と、大量の土砂が一瞬のうちにクロロックたちの頭上に——。

エリカは、虎ちゃんをおぶっているので父のことまで手が回らない。

「危ない！」

と、涼子をかかえて、道を戻る方向へと飛んだ。

地響きと共に、山道が数メートルに亘って土砂に埋まった。

砂埃が立ちこめて、しばらく何も見えなかった。

「——お父さん！」

と、エリカは叫んだ。

# 真　実

「まあ……」

恵（めぐみ）が土砂に埋まった道の先に立っていた。

「ここだけが……。何てこと！」

クロロックのいた辺り、数メートルだけが土砂と岩で埋まっていた。少し後ろにいたエリカやみどりたちは無事だった。

「――どうした！」

先頭を歩いていた下村（しもむら）が駆け戻ってくる。

「クロロックさんが……。みゆきちゃんをおぶっていたの」

「何てことだ！　下まで落ちたかな？」

「この勢いですもの」

と、恵が崩れ落ちた下を覗（のぞ）こうとして、危うく足を滑らしそうになる。

「気を付けて！」

と、下村が恵の手をつかんだ。

「――どうしたんだ？」

と、エリカたちの後から駆けつけてきた谷村村長と岩田校長である。

「クロロックさんとみゆきちゃんが――」

と、恵が土砂に埋まった道の向こうから声をかけると、

「何だって！　――運の悪い子だ」

と、岩田が、ずっと落ちている斜面を見下ろして、

「ここを落ちたら、命はあるまい」

と、首を振った。

「全く、不運という他はないな」

谷村も並んで下を見下ろす。

エリカは虎ちゃんをおぶっていたひもを外すと、涼子へ、

「しばらく抱っこしてて」

「どうして？」

「ちょっと片付けなきゃいけないことがあるの」

と、エリカは言った。

「エリカさん……」

「大丈夫。お父さんはそう簡単に死なないよ！」

「そうは思うけど――」

と、涼子が言いかけたとき、

「なかなかいい眺めだ」

と、クロロックの声が上から聞こえてきた。

「まあ、あなた！」

「ワア！」

と、虎ちゃんも両手でバンザイしている。

「クロロックさん！」

と、恵が見上げて、

「大丈夫ですか！」

「ああ、みゆき君も、しっかり背中にしがみついとるぞ」

クロロックは、崩れた場所のすぐわきの太い木立によりかかって、エリカたちを見下ろしている。

「どうやってそこへ……」

と、谷村村長が啞然としている。

「落ちてくる岩をけって飛び上がったのです。なに、大したことではない」

クロロックはそう言うと、

「それよりも、ここで面白いものを見付けた。——シャベルだ」

クロロックは、土で汚れたシャベルを拾い上げて見せた。

「そこにシャベルが？」

と、恵が訊く。

「クロロックさん、それって——」

「誰かが岩をいくつかここに並べて落としたのだ。真下に私が——というより、背中のこの子が来たところを狙ってのことだな」

「何だって？　しかし誰が——」

と、谷村が言いかけると、

「助けてくれ！」

と、叫び声が聞こえてきた。

「あれ……お父さんの声だわ」

恵が青ざめる。

「助けてくれ！」

沼原が、クロロックのすぐ後ろの茂みから飛び出してきた。そして、勢いがついているので止められず、そのまま崩れた斜面へと突っ込んでしまう。

「お父さん！」

恵が悲鳴を上げる。

「あ……あ……」

沼原が逆さになって手をバタつかせている。——クロロックが、沼原の片方の足首をつかんでいるのである。

「君はちょっと下りていなさい」

と、クロロックはみゆきを下ろすと、沼原の体を引っ張り上げた。

「——ありがとう！」

と、沼原が汗びっしょりになって、

「追っかけられたんだ。その茂みの奥に誰かがいる！」

「その誰かが、我々めがけて岩を落としたというのか？　しかし、村に残ったはずのあんたは、なぜこんな所にいるんだ？」

「そ、それは……。後になって心配で——」

「それなら、当然、我々と同じ道を追ってくるだろう。このシャベルの指紋を調べれば、あんたのものが出るだろうね。違うかな？」

下の道で聞いていた恵がびっくりして、

「クロロックさん！　父がやったと？」

「そういうことだ」

「そんな……」

「とんでもない！　恵！　父さんは警官だ。そんなことをするわけがない！」

と、沼原があわてて言った。

「そうか、それならここに一人で残りなさい。私はこの子を連れて下りる」

「待ってくれ！　あれがいるんだ！」

と、沼原がクロロックのマントにしがみつく。

「あれ、とは？」

「分からない……。ともかく人間じゃないような化物だ！　置いていかないでくれ！」

そのとき、茂みの中でものの動く気配がした。

そして、

「化物だと！」

と、怒りに震えた声がした。

「化物のようにしたのは誰だ！」

それを聞いて、みゆきが息をのんだ。

「お父さん！　――お父さんの声だ！」

と、茂みの方へ駆け寄って、

「やっぱりお父さんだったのね！　夢じゃなかったんだ！」

「来るな！」

と、鋭い声がみゆきの足を止めた。

「お父さん……」

「お前には見られたくない！」

「どうして？　生きててくれたのに――」

「待ちなさい」

と、クロロックはみゆきの肩に手をかけた。

「でも――」

「そんな馬鹿な！」

と、沼原が震えながら後ずさった。

「生きてるはずがない！」

「そうだ」

と、クロロックは肯いた。

「生きているわけがない。森川は、あんたたちが五年前に殺したのだからな」

――重苦しい沈黙が続いた。

「まさか！」

と、恵が言った。

「お父さん！　本当なの？」

「いっそ殺してくれたら、どんなに楽だったか……」

　茂みの奥からの声が呻くように、

「こいつらは私を縛り上げ、墓地の古い墓を掘り起こして、棺の下へ寝かせた。そして生きている私の上に土をかけたんだ。私を生き埋めにしたんだ！」

　みゆきがその場に座り込んでしまった。

「私は何日も生きていた……。わずかな隙間の空気と、雨のしみ込む水で……。悔しかった。身に覚えのないことで、妻も子も残して死ななくてはならないなんて……」

　クロロックはため息をつくと、

「あんたの体は死んだ。やがて腐り、様々な生きもののえじきになった。しかし、悔しさと恨みが、地中深く埋められて残ったのだ」

「あなたは誰です？　あなたは私のことを分かってくれているようだ……」

「あんたを生き埋めにしたのは、誰と誰だね？」

「沼原、谷村村長、そして岩田校長……」

　谷村と岩田が身を寄せ合った。

「でたらめだ！」

と、谷村が叫ぶ。

恵は青ざめながら、

「お父さん！　本当のことを言って！」

と迫った。

「お父さんは警官よ！　私刑（リンチ）なんか許されないってこと、分かってんでしょう！」

「しかも、今度はこの子まで殺そうとした」

と、クロロックがみゆきの肩を抱く。

「大方、父親の声を聞いたという話を、村長たちはこの子が真相に気付いたのだと受け取った。——地震で、問題の墓の土が崩れ、生き埋めにした死体が消えたので、この子が盗み出したと思ったのだ。仕返しをされるのを恐れて、沼原にこの子を殺させようとした……」

恵が地べたに力なく座り込んだ。

「——これはどういうことだ！」

と、谷村が顔を真っ赤にして、

「あいつは可愛い孫を殺した！　生き埋めにしたって物足りんほどだ！」

「それはどうかな」

と、クロロックは首を振って、

「本当にやったのなら、これほどの恨みは残るまい」

「いや、他にあの子を殺すような奴など……」

「そうだとも！」

と、岩田校長が言った。

「森川はあの何の罪もない子を、殺したのだ」

「私はやっていない！」

茂みがザッと割れて、泥と血にまみれた手が伸びた。

「嘘だ！　お前があの子をネッカチーフで絞め殺したんだ！」

と、岩田が言い返した。

沼原が顔を上げると、

「——校長先生。浩子(ひろこ)ちゃんがネッカチーフで絞め殺されたとなぜ知ってるんです？」

と言った。

「あの子が何で首を絞められたのか、分からずじまいだったのに……」

岩田が青ざめて、

「それは……ただそう思っただけだ！」

——張りつめた沈黙。

「エリカ。その校長を捕まえておけ」

「触るな！」

岩田が逃げ出そうとした。

エリカは宙へ飛び上がると、岩田の背中をひとけりして、岩田は道に突っ伏して気を失ってしまった。

「——そんな馬鹿な！」

谷村がよろけて、

「校長が？　校長があの子を殺したのか？」

と、呻くように言うと、しゃがみ込んでしまった。

「——何てことだ」

下村が息をついて、

「あなたたちは何の罪もない森川さんを……」

「しかし——他に考えられなかったんだ。てっきりあいつが犯人と……」

「——お父さん！」

恵がゆっくりと立ち上がって、

「せめて——ここでこの人たちを逮捕して！　それから私と一緒に自首しに行くのよ」

「恵……。俺はとんでもないことをしてしまった」

と、沼原は絞り出すような声で言うと、

「森川さん！　許してくれ！」

と言うなり、崩れ落ちた斜面へと身を投げた。

止めようがなかった。

「お父さん！」

恵の叫び声が、斜面をどこまでも転がり落ちていく沼原へと届いたかどうか……。

「――真相はこれで知れた」

と、クロロックは言った。

「あんたの悔しさは晴れようもあるまい。奥さんまで失ってな。――しかし、みゆき君がいる。この子はあんたのことを誇りにして忘れないだろう」

茂みの奥で、忍び泣く声がした。

「お父さん……」

みゆきが近付いて、

「お願い。顔を見せてよ」

「いかん！　――腐って崩れた顔など、見てほしくない。お前の思い出の中のお父さんを、憶えていてくれ」

みゆきは涙をこらえて、

「――分かったよ」

と言った。

「絶対に忘れないからね」

「ありがとう……。そして、みゆき。父さんは、あの連中への恨みと悔しさだけで、こうして死にきれずにきた。しかし、お前はいつまでも恨みばかりを持って生きるんじゃないぞ」

「お父さん……」

「憎しみや恨みは、何も生み出さない。お前は人を愛して、人に愛される女性になってくれ……」

しばらく間があって、

「――もう行く」

「どこへ？」

「死んだ人間は墓へ帰るしかないさ」

クロロックがそれを聞いて、

「あんたのことは、村人たちがきちんと葬って、墓をたてるだろう」

と言った。

「どうか、この子をよろしく……」

と、その声は言った。

「もう……私を支えてきたものが失くなった。――みゆき！」

細かく震える手が差し出されると、みゆきがそれを両手でつかんで、頰へ当てた。

「幸せになれよ」

その手がサッと引っ込むと、茂みの奥へと消えた。

「お父さん！」

みゆきが頰を涙で濡らしながら、

「忘れないよ……」

と、呟くように言った。


「――やあ、町が見える」

と、下村が言った。

日が傾きかけたころ、一行は、迎えに来てくれた人たちと出会い、もう目指す町へはわずかだった。

「辛い道だったね」

と、エリカは言った。

「誰にとってもな」

クロロックが肯く。

谷村と岩田は、半ば放心状態で歩いている。

「——だが、どんな荒れ野原よりも、人の心の中の荒野の方が辛いものだ」

と、クロロックは言った。

「文明は進歩しても、人の心の中の闇は照らすことができん」

——恵が、呆然と町を眺めて崖っぷちに立っていた。

その恵の手を、みゆきが取った。

「だめだよ」

「——みゆきちゃん」

「死んじゃだめ。生きてたら、いいことがあるよ。私も、何回も死のうと思ったもん」

「そうね……」

恵は涙をためた目でみゆきを見て、

「私のこと、許してくれるの？」

「友だちだもん」

みゆきが微笑んだ。

恵は、みゆきの手をしっかりと握りしめた。

「——さあ、行こう」

と、下村が言って歩き出す。

そのとき、突然、

「俺はいやだ！」

と、岩田が叫ぶと、崖に向かって走った。

「待て！」

下村が立ちはだかろうとして、突き当たられ、よろけた。

崖から岩田が身を躍らせる。下村がそれに続いて落ちそうになった。

「危ない！」

駆け寄ったのはバスガイドのルリだった。

下村の身体を押し返すように立ち直らせると、自分がその反動で崖から足を踏み外した。

「ルリ！」

下村が手を伸ばしたが、間に合わない。

ルリは声さえ上げずに落ちていった。

そのとたん、クロロックがマントを翻してルリの後を追った。

誰もが唖然として、クロロックが宙を飛ぶのを見ていた。

エリカは崖っぷちへ駆け寄って、

「お父さん！　大丈夫？」

と、声をかけた。

少しして、

「心配ないぞ！　この子も助けた」

と、クロロックの声がした。

両手に気を失ったルリを抱いて、クロロックがフワリと舞い上がってきた。

「――夢を見てるのかな」

と、下村が言った。

「そういうことにしておいてくれ」

クロロックがルリを地面へ下ろし、

「この子のことは、あんたに任せる」

「分かりました。――ルリ！」

下村が抱え起こすと、ルリが目を開けて、

「私……落ちたんじゃなかった？」

と、ふしぎそうに言った。

「夢を見たのさ」

下村は手を取って立たせると、

「こんないいガイドを失くしちゃ大変だ」

と言った。

ルリは頬を赤らめて、

「じゃ――発車オーライ！」

と、ひと声、先に立って駆け出していったのだった……。

# 世直し吸血鬼

# プロローグ

車が動き出すと、初めて取材陣は裏をかかれたことに気付いた。

「待ってください！」

「沢田（さわだ）社長！　――ひと言だけ！」

と、叫びながら車を追いかけてくる、カメラマンや記者の群れ。

群れというのは大げさかもしれないが、実際そう見える。

「構わん。行け」

と、沢田は言った。

運転手がアクセルを踏み込むと、車は一気にスピードを上げ、取材陣をどんどん引き離していった。

「うまく行ったな」

と、沢田七蔵（しちぞう）は車の後方を振り返って、ニヤリと笑った。

マンションの玄関と、駐車場の出口の二カ所で、取材陣は待ち受けていた。――沢田は、秘書と、若い社員十人ほどで人垣を作らせ、いかにも中に沢田がいるように見せて、正面の玄関に出してやったのである。

沢田が玄関から出ようとしていると聞いて、駐車場出口に貼りついていた連中も一斉に玄関へ回った。

その隙を突いて、沢田の車はマンションを後にしたのである。

夜中の町を、車はしばらくかなりのスピードで走ってから、

「もういいだろう」

という沢田の言葉で、やっとスピードを落とした。

「南麻布のマンションへやってくれ」

「はい」

車は細い道から広い通りへと出た。

携帯電話が鳴った。

「――うん。うまく行ったぞ」

沢田は満足げに言った。

「そっちはどうだ？」

「散々いやみを言われました」

と、秘書の平岡良二が言った。

「で、社長、これから――」

「南麻布へ寄ってから回る。先に行って、俺が取材陣に囲まれて、身動きがとれない、と謝っておけ」

「かしこまりました。ですが――」

「何だ？」

「できるだけお早く。南麻布へ立ち寄られたと分かっては……」

「ああ、心配するな。今夜はよくやったぞ」

「恐れ入ります」

「後でな。――連絡するなよ」

沢田はそう言って、通話を切った。

――沢田七蔵、六十五歳。

N化学工業の社長で、今、「時の人」である。

いい意味での「時の人」なら、取材陣から逃げ回ることはない。

三カ月前、沢田がオーナー社長であるN化学工業の製品に欠陥が出て、その事故で五人が死傷するという惨事になった。

その責任のとり方を巡って、大騒ぎをしているのだ。

沢田はあくまで、

「工場の製造工程での、人為的ミス」

つまり、「働いてる奴が悪い」と言い張って、

「経営者が、社員の失敗でいちいち責任などとれない」

と言い放ったのである。

被害者の会ができて、裁判に訴える、とも言っているが、

「やれるものなら一向に構わん。どうぞどうぞ」

と、平然としている沢田だった。

たとえ裁判で負けたとしても、その判決は何年も先だ。

被害者の会に加わった家が、その間、充分生活していけるほどの蓄えを持っているわけがない。

必ず、中で、

「会社と話し合って、お金で話をつけよう」

と言い出す者が出てくるのだ。

沢田は、TVや週刊誌でいくら悪口を言われても全く気にしない。

「そんなものを気にしていて、社長がつとまるか！」

というわけだ。

沢田は、六十五歳にしては若々しく、肌もつやがある。髪は半白だが、一見したとこ

ろお洒落な初老の紳士だった。

沢田は南麻布のマンションに住まわせている女へと電話を入れた。

――沢田の車を、ずっと高い場所から見下ろしている人影があった。

「高い場所」。――そこは……。

# 取り引き

電話が鳴って、秋山祐美は食卓から離れると、居間へと急いで歩いていった。

「凄いマンションね」

と、食卓に残った橋口みどり、大月千代子の二人は顔を見合わせる。

「でも、大学生向きじゃないと思うけど」

と言ったのは、神代エリカ。

トランシルヴァニア出身の、正統吸血鬼の末裔であるフォン・クロロックと日本人女性の間に生まれた「半吸血鬼」。

といっても、みどりや千代子と同様、花の女子大生である。

「いくらしたんだろ？」

と、千代子が言った。

「借りてるって言ったじゃない」

と、みどりが食べる手を休めずに、

「家賃が月に百万以上だってよ」

「祐美の家って、お父さん、公務員じゃないの？」

「だからさ、もちろん——」

エリカは、居間で電話に出た祐美の声へ耳を向けた。

「——ええ。分かりました。——いいえ、構いません」

と言っている。

エリカは、食事の手を止めて、

「帰り仕度をした方がいいかも」

と言った。

秋山祐美が戻ってくると、

「ごめん！　悪いんだけどさ——」

「すぐ出てって、でしょ」

と、エリカは言った。

「電話は、ここの家賃を払ってくれている人から？」

「ええ。今日は来ないと思ったんだけど。——ごめんね。食器とか、そのままでいいわ」

「あと何分で来るって？」

「五、六分」

「じゃ、急ごう」

エリカは、他の二人を促した。

秋山祐美は、大学生にしては少し大人びた雰囲気の子である。確かに美少女だが、明るくはない。

「ごめんね、エリカ」

エリカは黙って首を振った。

今、祐美に向かって、「こんなことやめなさい」と説教しても仕方ない。

エリカたちは、早々に祐美の部屋を出た。

「——やれやれ」

と、みどりが伸びをして、

「ほとんど食べ終わってたから良かった。食べ始めたばっかりだったら、心残りだった、きっと」

三人がエレベーターで一階へ下り、ロビーを通りかかると、マンションの正面に車が停まって、男が降りてきた。

その男は真っ直ぐロビーへ入ってくると、エリカたちのことは全く存在しないかのように無視して、インタホンのルームナンバーを押した。

「——はい」

「俺だ」

「はい、どうぞ」

——あの声。

三人は、顔を見合わせた。

「今の声、祐美だね」

と、千代子が言った。

「あのじいさんが？　信じらんない！」

と、みどりは呆れている。

「思い出した。あの人、今問題になってる、N化学工業の社長だわ」

と、エリカが言って、

「ええと……。何てったっけ。——沢田。沢田七蔵だ、確か」

「金持ちなんだね」

「もう六十五、六じゃない？　祐美、あの人の彼女なのかしら？」

「そうとしか思えないじゃない」

エリカはため息をついて、

「きっと何か事情があるのよ。——さ、帰ろう」

と、他の二人を促した。

秋山祐美は、エリカたちと同じ大学に通っている。

「一人暮らしで、退屈してるから遊びに来て」

という言葉に甘えてやってきた三人だったが、まさかこんな豪華マンションとは思いもよらず、呆気にとられていたのだった。

マンションを出ると、あの沢田という社長を乗せてきた車が停まっていて、中に運転手の姿が見える。

「ずっと待ってんのか。大変だね」

と、みどりが言った。

三人はマンションをぐるっと回るように歩いて、ベランダの側へ出た。

と、千代子がベランダを見上げる。

「八階だったよね」

「〈805〉だから……。あの角の部屋じゃない？」

と、エリカも見上げて言った。

「確か十階までだから、その二つ下……」

すると、ベランダに人の姿が覗いた。

遠すぎてよく見えないが、どうやら男のようだ。

「何をする！」

と、その男が叫んだ。

「俺を何だと思ってる！　――やめろ！」

次の瞬間、ベランダの手すりを越えて、男の体は墜落していたのだった。

「あ……」

誰もが唖然としている。

沢田らしい男の体は、真っ直ぐに落下して、何かの壊れる音がした。

「――大変だ！」

千代子が真っ先に、

「一一〇番してくる！」

と、駆け出そうとする。

「千代子！　マンションの管理人を呼んで連絡してもらいいな」

「あ、そうか」

千代子がマンションの玄関の方へ駆けていく。

「エリカ、今のって――」

「しっ！」

エリカはベランダの方を見上げて、

「みどり！　見てごらん」

と言った。

誰かが、あのベランダから飛び立った。

――人の姿だった。

まるで翼を広げるように、両手を広げると、クロロックのマントのように何かが広がった。そしてその体がフワリと空中へ浮かんだのである。

「――飛んでる!」

と、みどりが目を丸くする。

その姿は、エリカの目にも黒いシルエットでしかなかったが、確かに空中を飛んで、さらに高く高く上っていき、やがて見えなくなってしまった。

「――見た?」

と、みどりが呆然として、

「エリカのお父さん、じゃないよね……」

「何があったのか、分かりません」

秋山祐美は、青ざめて、まだ夢でも見ているのかという表情をしていた。

「しかしね」

と、不機嫌な顔の刑事が祐美の前に立って、

「君の話では、沢田さんが来て、ちゃんと玄関の鍵(かぎ)はかけた。そうだね？」

「はい」

「部屋の中にもベランダにも誰もいなかった」

「そうです」

「ところが、何者かが沢田さんをベランダから突き落として逃げた。——どこから？」

「分かりません」

と、祐美はバスローブを着て震えている。

「私はシャワーを浴びてて……。シャワーを止めたら、悲鳴が聞こえたんです。急いで出てきたら、ベランダへ出る戸が開いていて……」

「犯人はいなかったんだね」

「はい」

「しかし、玄関のドアは——」

「ロックされたままでした。チェーンもかけてあって」

「じゃ、犯人はどうやって逃げたんだ？」

「——分かりません」

祐美は泣き出しそうだった。

「君は大体、ここに一人で住んでたというが……。大学生だって？」

「そうです」

「沢田さんとはどういう関係だ？」

「それは——」

と、口ごもる。

「正直に言え！　隠すとためにならんぞ！」

刑事の口調は、ＴＶの時代劇に出てくる、頭の悪い役人みたいだった。

「——まあ、待ちなさい」

と、声がして——。

「エリカ！」

祐美が、エリカとフォン・クロロックの姿を見て、嬉しそうに飛び上がった。

「祐美、落ちついて。——大丈夫だから」

エリカは、抱きついてきた祐美をなだめて、刑事の方へ、

「こんなに体が冷え切ってるじゃありませんか！　着替えぐらいさせてあげたらどうです？」

「大きなお世話だ。何だ君たちは？」

と、刑事はマントをまとったクロロックを見て、

「仮装大会でもあったのか？」

「いやいや、昔からお巡りさんは弱い者の味方と決まっておる。こんなかよわい娘さんを苛めてはいけませんな」

と、クロロックは刑事の肩を叩いた。

「何がかよわいだ！　こんなマンションに一人で住んで、金持ちの愛人になって。——今の若い奴らは、真面目に生きるということを知らん」

「人間、誰しも事情というものがあるのですぞ。決めつけてはいかん」

「いや、小生の目に狂いはない。この女が、若い男とでも会っていて、沢田さんに見付かり、二人して沢田さんを突き落として殺したのだ！」

「そんなことしません！」

と、祐美が言った。

「いいかね。刑事といえども、人間を信じる気持ちを忘れてはいかん」

と、クロロックは言って、ぐっと目に力をこめ、刑事を見つめた。

刑事が一瞬フラッとよろけて、

「ま……誰しも人に知られたくないことがある……」

「そうそう」

「私も……去年浮気したのがばれて、もう半年、女房に口をきいてもらえん……」

祐美が呆気にとられていると、エリカは、

「さ、服を着て。――大丈夫だから」

と、奥へ行かせた。

「お父さん。いつもの催眠術と違うの？」

「うん、ちょっとな。――酒に酔ったときの気分にさせたのだが。どうやら泣き上戸らしいな」

刑事は、拳で涙を拭いながら、

「許してくれ！　俺が悪かった！　和子！」

と、叫んでいた。

現場を調べている他の刑事たちが、啞然としてその光景を眺めていた……。


「じゃ、愛人ってわけじゃなかったの？」

と、エリカは言った。

「うん。――一応そういうことになってはいたんだけど」

祐美が大分落ちついた様子で言った。

「どういうこと？」

「沢田さんとは、N化学へアルバイトに行ったとき知り合ったの。食事をごちそうしてくれて、『愛人になってくれ』って言われたけど、『いやだ』って断ったの。そしたら、

『いや、何もしないから』って」

「何も？」

「沢田さん、六十過ぎてから、女性の方は全然だめなんだって。でも世間のイメージってものがあるでしょ。仕事も女も思いのまま、って感じで通ってたから、それを何とかごまかそうとして……」

「じゃ、格好だけの愛人か」

「そう。ここに住んで、おこづかいくれて、その代わり、女子大生の愛人がいるって自慢してたの」

「変なの」

エリカはホッとしていた。

「私、親から仕送りがないから、大変なの。アルバイトしてたら勉強できないし。だから、親にばれさえしなきゃいいや、と思って……。お願い！　黙ってて」

祐美はため息をついて、

「でも、沢田さん、死んじゃったら、ここ、出てかなきゃいけないわね。——どうしよう！」

と嘆(なげ)いたのだった。

# 吸血鬼宣言

「今日、Kテレビの報道局へ、沢田七蔵（さわだしちぞう）殺害犯を名のる人物からのメッセージが、ファックスで送られてきました」

と、朝のワイドショーのキャスター、滝川広光（たきがわひろみつ）がカメラに向かって言った。

「文面はこうです。〈世の悪は、大きなものほど、罰せられることがない。私はそういう悪の存在を、正義の名の下（もと）に罰してやることにした。沢田七蔵は、その第一号である。身に覚えのある者は、遺言を考えておくことをおすすめする〉――署名は〈吸血鬼〉となっています」

朝食をとっていたエリカは手を止めて、

「〈吸血鬼〉だってよ」

と、父、クロロックへ言った。

「血も吸わん吸血鬼か」

「でも、確かに空へ飛んでったけど」

「何ごとも、分かってみればどうということはないものだ」

クロロックは首を振って言った。

ＴＶの画面に、滝川と組んで、この朝のワイドショーを担当している女子アナウンサーが映ると、クロロックが身をのり出した。

「おお！　愛しの弥生ちゃん！」

「弥生ちゃん？」

「八巻弥生。――知らんのか、このナンバーワンの女子アナウンサーを」

「知らないよ」

エリカは、確かになかなか愛らしい顔立ちのその女子アナを見て、

「この人？　――お父さんのタイプ？」

「笑顔がいい！　笑うとえくぼができて、そこが何とも言えんのだ」

と、ウットリ眺めている。

「――〈吸血鬼〉と名のっている犯人は、沢田さんをベランダから突き落とした後、姿を消しています。確かに、謎めいたところはありますが……」

と、八巻弥生が言った。

「世の中には、いくら悪いことをしても、法で罰せられないのがいくらもいますからね。ま、相手が〈吸血鬼〉では、思い当たる方は、せいぜいニンニク料理でも食べて、自衛

することですね」

　と、滝川が言った。

「分かっとらん」

　と、クロロックは不満げに、

「吸血鬼だって、ニンニクは大好きなのだ。あんなインチキな話を信用するとは、馬鹿か！」

「本気で怒らなくても」

「いや、吸血鬼に対して偏見がある！　許せん」

　と、クロロックが憤然としている。

　ＴＶに再び八巻弥生が出て、

「ニンニク、十字架、他に何でしたっけ、吸血鬼の苦手なのって？　狼、コウモリ？」

「それは苦手じゃなくて、変身するんでしょ」

「あ、そうか」

　と、ペロッと舌を出す。

「うーん……」

　クロロックは腕組みをして、

「ま、今の人間が吸血鬼について正しい知識を持っていなくても、責めるわけにはいかんな」

コロッと態度の変わるクロロックだった。

「はい、お疲れさま！」

スタジオにホッとした空気が流れる。

「生番組の疲れは独特だな」

と、滝川が立ち上がって肩をもんだ。

「眠くて死にそう！」

八巻弥生が大欠伸（おおあくび）して、

「これはＴＶじゃ見せられないわ」

何しろ、朝七時からの生番組のために、ＴＶ局へ出勤してくるのが午前四時。まだ夜が明けていない。

「――滝川さん」

と、弥生はスタジオを出た所で呼び止めて、

「この秋の改編で移してくれるって約束だったじゃありませんか」

「僕はともかく、編成がね」

「嘘ばっかり。反対したのは滝川さんだって、ちゃんと知ってるんですから」

と、弥生は口を尖らして言った。

「毎晩、九時に寝てるんですよ！　小学生だって、九時になんかベッドへ入らないわ」

「僕のベッドへ入らないか？　すぐにでも、夕方の番組へ移してあげる」

冗談めかしてはいるが、滝川が本気だということは分かっていた。

「ご遠慮します」

と、弥生は言った。

「朝のコンビは評判いいんだ。仲良くやろうよ」

と、滝川が肩へのせた手を、弥生はスルリと逃げて、

「お先に」

と、足早にスタッフルームへと向かった。


「いいことを思い付いたぞ！」

と、クロロックは言った。

「——え？」

エリカはＴＶから目を離して、

「何か言った？」

「そんなにＴＶばっかりよく見ていられるな」

クロロックは、八巻弥生の出番が終わると、まるで関心がなくなるのだ。

「よく言うよ。――何の話？」

「うん、我が〈クロロック商会〉のＣＭに、八巻弥生を起用しよう！」

「お父さん……。そんなお金、あるの？　ＴＶのＣＭなんて、百円や千円のお金じゃ流せないんだよ」

「そんなことは分かっとる。一応社長なんだぞ、これでも」

本当に分かっているのかどうか、エリカには納得できなかったが……。

「ＣＭといっても、ＴＶばかりではない。〈クロロック商会〉のイメージガールとして、等身大のパネルを受付に飾るというのはどうだ？」

エリカは呆れて、

「本気？」

「だめでもともとだ。――早速、Ｋテレビへ出かけてみよう」

「ま、頑張って」

「お前も行くんだ」

「私が？　大学があるよ」

「〈クロロック商会〉が倒産したら、大学へも行けなくなるぞ。従って、Ｋテレビへ行く方が大切だ」

およそ理屈になっていないが、クロロックはすっかりその気になっている。

エリカも、

「分かったよ」

と、ため息をついた。

こんなこと、涼子に知れたら……。

何しろ、クロロックの若い妻、涼子は、猛烈なやきもちやきなのだ。

「家庭平和のためにも、一緒に行った方が良さそうだわ」

と、エリカはひとり言を言ったのだった……。

「あ、弥生さん、もうすんだんですか？」

Ｋテレビのロビーへ出た弥生へ声をかけてきたのは、スラリと足の長い、丸顔の少女だった。

「アヤちゃん、もう仕事？」

と、弥生は微笑んで言った。

「ええ。今日、お昼から九州へ行くんで、夜の番組の収録、朝のうちに終わらせないと」

「大変ね」

と、弥生は言って、少女の頬に指を触れると、

「肌が荒れてるわ。寝てないんでしょ」

「おとといから」

——水田アヤ。

今、あるプロダクションが売り出しているタレントである。

まだ無名だったころに、弥生のワイドショーで、寒い朝、水着でプラカードを持って外で立っているという役目をさせたことがあって、昼まで紫色にして頑張っていたものだ。

弥生はとても見ていられなくて、自分の独断で中継を打ち切ってしまった。

滝川や、上司から怒鳴られたが、気にならなかった。いくら売れないタレントでも、人間である。

やっとこの半年ほど、この十七歳の少女はＴＶで顔を知られるようになったが、そうなると、プロダクションが大きくないので、ほとんど寝る間もなく働かされることになってしまった。

「あんまり無理すると、体こわすわよ」

と、弥生は言った。

「でも、仕事があるだけ幸せだって、いつも社長さんに言われてます」

と、アヤは言った。

「それも程度の問題よ」

そこへ、

「アヤ！　何してるんだ！　スタジオは待ってるぞ」

と、若い背広姿の男が駆けてきた。

「——ああ、弥生さん、どうも」

「唐沢(からさわ)さん。アヤちゃんだって、ロボットじゃないのよ。少しは休ませてあげなさい」

「本人が楽しんでるんですから。なあ、アヤ？」

アヤのマネージャーの唐沢という男だ。

「はい」

「じゃ、行けよ」

「はい。——弥生さん、失礼します」

「気を付けて」

弥生は、ミニスカートを翻(ひるがえ)しながら駆けていくアヤを見送って、

「——あなたのスーツ、また一段と上等になったようね」

と言った。

「似合いますか？」

皮肉の通じない男なのだ。

「——おい、唐沢」

と、太った男がやってくる。

「あ、局長！　おはようございます！」

Kテレビの芸能局長、松永である。

五十がらみの、脂ぎった感じの男だ。

「弥生君。——相変わらず可愛いね」

報道局の弥生は、松永と口をきくことも少ないが、何かと弥生に近付いてくるのが煩わしい。

「もう三十ですから、可愛いという年齢じゃありません」

と、弥生は言った。

「なに、二十五には見えるよ。どうだ？　バラエティに出ないか」

「私はアナウンサーですから」

と、弥生は言って、

「じゃ、失礼します」

と会釈して玄関の方へ歩き出した。

そのとき、携帯電話が鳴り出したので、足を止めたが、松永と唐沢の会話が耳に入って、弥生は振り返った。

「アヤはどうした？」

「今スタジオの方に……」

「分かってるのか？」

「本人には何も……」

二人が肯き合いながら廊下を急ぐのを、弥生は何だか気がかりで、見送っていた。

「――もしもし？」

「あ、いけない。――はい」

「何だ、もう終わったんだろ？」

「ええ、今、局を出るとこ」

付き合っている相手は大学の同期だったサラリーマン。

生活時間が逆なので、会うのもままならない。

「――どこで待ってればいい？」

と、弥生は言った。

# 出会い

「いきなり、テレビ局に入ってって、『八巻弥生(やまきやよい)さんに会いたい』って言ったって、無理だよ」

と、エリカは言った。

「何ごとも、やってみなければ分からんものだ!」

と、クロロックは言って、

「——ここだな、玄関は」

Kテレビの正面玄関を入ると、広くて明るいロビーになっている。

受付へ真っ直ぐに向かうと、

「恐縮だが、こちらのアナウンサー、八巻弥生さんにお目にかかりたい」

と、クロロックは言った。

受付の女性はクロロックの一風変わったスタイルを見て、

「何のご用でしょうか?」

「八巻弥生さんにお会いしたい」

「お約束でも――」

「いいわ」

と、遮(さえぎ)ったのは――。

「八巻ですが、どなた様でしょう？」

エリカは目を丸くして、

「本当だ」

――本人が、目の前に立っていたのである。

「これはこれは」

クロロックは、うやうやしく弥生の手を取って、

「お目にかかれて光栄です」

と、その甲に唇を触れる。

弥生は思わず笑い出して、

「こんなこと！　私、初めてですわ！」

「いや、ＴＶで拝見するより、数倍お美しい！」

「恐れ入ります」

弥生は目を丸くして、

「すてきなスタイルですわね」

「これは過ぎたお言葉。私はフォン・クロロックと申す者で」

「どちらの方かしら？」

「トランシルヴァニアです」

と、エリカが言った。

「私は娘の神代エリカです。父がちょっとお願いがあると……」

ロビーのソファにかけて、クロロックは来意を説明した。

弥生は面白がって聞いていたが、

「――光栄ですわ。でも、残念ながら、私はこの局のアナウンサーです。タレント活動は認められておりませんの」

「なるほど。その点はよく分かります」

と、クロロックは肯いて、

「アルバイトはどうです？　パーティの司会等は？」

「それは場合によって。――でも、原則としてはアルバイト禁止です。私はここの社員ですから」

「分かりました。――いや、予測はしていましたが、当たって砕けろの精神で」

「恐れ入ります」

「話を聞いてくださっただけでも、感謝に堪(た)えません」

と、クロロックが立ち上がり、

「今後も更なるご活躍を——」

と言いかけたとき、弥生の目がロビーの方へ向いた。

「——アヤちゃん！」

エリカが振り向くと、ミニスカートの少女が、足をもつれさせるようによろけながら走ってくる。

「アヤちゃん！」

弥生が駆け寄ると、少女はワッと泣き出してしまった。

「どうしたの？　——何があったの？」

と、弥生が抱きかかえるようにしてソファの所へ連れてくる。

「——どうしたんだ？」

と、やってきたのは滝川(たきがわ)だった。

「アヤちゃんが……。スカートが裂けてる」

弥生の顔から血の気がひいた。

「——アヤ！」

唐沢(からさわ)が走ってきた。

「唐沢さん！　どういうことなの？」

と、弥生が問い詰めると、

「大きなお世話だ！」

唐沢は、アヤの手をつかんで、

「行くぞ！　いいか、ひと言もしゃべるな！」

「待ちなさい！」

と、弥生が止めようとする。

「あんたたちは、自分のクビを心配しろ。松永さんに逆らう気か？」

弥生は立ちすくんだ。

アヤは唐沢に引っ張られて、玄関から出ると、待っていたワゴン車へ押し込まれた。

「――松永局長か」

と、滝川が言った。

「ひどいわ！」

「珍しい話じゃないさ」

「滝川さん！」

「僕なら、何も見なかったことにするね」

と言って、滝川は足早に行ってしまった。

弥生は、ソファに崩れるように座ると、しばらく両手で顔を覆っていたが——。

「失礼しました」

クロロックとエリカがまだそこに立っていたのである。

「今の子、タレントですよね」

と、エリカが言った。

「ええ……。水田アヤちゃんといって、ほとんど寝る間もないくらい働かされてるんです」

「その子を松永という男が？」

と、クロロックが言った。

「この局の芸能局長です。新人のタレントなら、出してもらえるかどうか、松永局長の気持ち一つで決まります」

「そうか……」

「お恥ずかしい所をお見せして」

と、弥生は言った。

「こんなものなんです、私たちの仕事は」

「いや……。悩んでおられるのは、あなたの心が毒されていない証拠だ」

「でも、何もできません、私には」

と、弥生は自嘲するように言って、

「——クロロックさんでしたわね」

「さよう」

「私がこんな女でも、CMにお使いになります?」

クロロックは少しの間、考えていたが、

「改めてご相談にあがります」

と、一礼して、エリカを促し、Kテレビを出た。

「——どうだ」

「どうって?」

「私が目をつけただけのことはある。そうだろう」

「まあね。——でも、無理じゃない?」

と、エリカは言った。

「真心は通じるものだ」

と、クロロックは言った。

二人の上に影が落ちた。——見上げると、空に大きなものが浮かんでいる。

「飛行船だ。〈Kテレビ〉って書いてある」

Kテレビの屋上から飛び立ったのだろう。大きなフットボールのような形の飛行船は、悠然と浮かび上がって、さらに高く上っていった。

「空中散歩か。楽しそうだね」

と、エリカは言った。


その夜、赤坂の料亭を出て、松永はハイヤーに乗り込むと、

「ありがとうございました！」

と見送るプロダクションの関係者に手を振って、運転手へ、

「S町の交差点へ」

と命じた。

大分アルコールが入っている。

いくら飲んでも、払いは向こう持ちだ。

松永は座席に寛いで、ちょうど鳴り出した携帯に出た。

「――ああ、唐沢か。アヤはどうした？」

「何とかなだめました」

と、唐沢は言った。

「今度何か買ってやる。女の子はそれで機嫌が直るんだ」

「恐れ入ります」

「今度はゆっくりホテルで一泊したい」

「言い含めておきますが、いくらか時間を置いた方が」

「分かっとる。俺も、来週はパリだしな。二、三週間したら連絡する」

「お待ちしております」

松永は通話を切って一息ついたが、

「――おい、ちょっとその辺で停めろ」

「は？」

「その角でいい。停めろ」

ハイヤーが停まると、松永は車を降り、あわてて道の端の暗がりへ駆けていった。

――散々飲んだので、向こうへ着くまで我慢できなかったのである。

「やれやれ……」

用を足して、ホッと息をつくと、松永はハイヤーへ戻ろうとした。

何か頭上で物音がして、見上げると――黒い人影が、真上から襲いかかった。

「よせ！」

刃物が松永の顔へ切りつけた。――松永が悲鳴を上げる。

運転手が車を出て、唖然とした。

マントのようなものを広げたそれは、宙に浮かび上がり、そのまま舞い上がって、夜の中へと消えてしまった。

呆然として見送っていた運転手の足首を、突然ぐいとつかむ手。

「ワッ！」

と、運転手が叫ぶと、

「助けてくれ……」

と、呻(うめ)き声が聞こえてきた。

「早く……助けを呼んでくれ……」

# 交換条件

エリカは、大学のキャンパス内を一人でぶらついていた。

――突然の休講で、時間が空いてしまったのだ。

気持ちのいい日で、芝生に座って風を感じているのも悪くなかった。

「神代エリカさん」

振り返って、エリカはびっくりした。八巻弥生が立っていたのである。

「――どうも」

「突然ごめんなさい」

と、弥生はやってきて、

「一緒に座ってもいい？」

「芝生は指定席じゃありませんから」

と、エリカは言った。

弥生はスーツの上着を脱いで、腰をおろすと、

「ニュース、聞いてるでしょ？」

と言った。

「あの松永って人のことですか」

「恥ずかしくって。——うちの局だけが、松永局長のことを、『許しがたい暴力の犠牲者』扱いして。よそはみんな、〈新人タレントに次々に手をつけていた報い〉という犯人の声明を大々的に流してるのに」

「〈吸血鬼〉ですか」

「正直、私も自業自得だと思う」

と、弥生は言った。

——松永が〈吸血鬼〉の手で顔を切られ、何カ所もの傷をつけられた事件は、運転手が犯人の飛び去るのを見ていたこともあって、大騒ぎになっていた。

「でも……犯人は誰なのかしら」

と、弥生は言った。

「エリカさん。——運転手は、マントを広げて飛び去る犯人を見ているわ」

エリカは弥生を見て、

「父は空なんか飛びませんよ」

と言った。

「そう……。でも、あんなマントをまとってらっしゃる方は珍しいわ。それに——私、少し取材したの。これでも報道局員ですもの」

　と、弥生は微笑んで、

「あなたたち父娘(おやこ)って、とても変わっているのね」

「そうですか?」

「いつ、どこから来たのか、よく分からない。ふしぎな力を持っているらしい。——本当なの?」

「父は犯人じゃありません」

「分かってるわ。でも何かご存知じゃないかと思って」

「どうかしら。——一晩、父と私にお付き合いいただけば、分かるかもしれませんよ」

「もちろん!　いつでもOKよ」

　と、弥生は身をのり出すようにして言った。

「じゃ、今夜、うちのマンションへ。——ご存知ですよね?」

「調べたわ」

「じゃ、お待ちしてます」

　と、エリカは立ち上がって言った。

「待って!」

弥生は、エリカと並んで歩きながら、

「信じてね。私、何を見ても、決して人に言わないし、警察へ届けたりもしないわ」

「それじゃ、ニュースキャスター、失格じゃないんですか？」

「キャスターなんて、聞こえはいいけど、ただの会社員よ」

と、弥生は顔をしかめて、

「自由にものが言える、なんて状況には程遠いわ。スポンサーからクレームがつけば、いつクビが飛ぶか分からないし」

「――そうだ」

と、エリカが言った。

「弥生さん。もし、父と私が事件の真相を突き止めてあげたら、代わりに、父の会社の宣伝に出てくれませんか？」

「ええ！　いいわ！　それでクビになってもかまわない！　約束するわ」

と、弥生は言って、エリカと握手した。

「どうなってるんだ？」

と、滝川（たきがわ）は首を振った。

「何ですか？」

弥生が顔を上げた。

打ち合わせの席。

滝川はあまり感情を露(あらわ)にしない。

「あのトラックの運転手さ」

「ああ、小学生をはねて死なせた……」

「無罪放免か。——信じられない」

「どうしたんでしょうね」

「警察の面子(メンツ)だよ。捜査がずさんで、ブレーキの跡があるかどうか、ろくに調べていなかった。今、ミスを認めると責任問題になるからね」

「亡くなった子のご両親はたまりませんね」

「全くね。——このニュース、やろう」

「はい!」

弥生は、喜んで印をつけた。

——番組では、「当たらず触らず」になることが多い。

それも弥生の不満な点だった。

「よし、あと本番まで三十分」

と、滝川は言った。

「コーヒー、飲んできます」

と、弥生は立ち上がった。

午前六時過ぎ、TV局もさすがに、この生放送を担当するセクション以外は、人の姿はない。

自動販売機のコーヒーを飲んで、一息ついていると、

「弥生さん」

振り向いて、

「アヤちゃん！　どうしたの？　珍しいじゃない、こんな時間に」

水田（みずた）アヤが、白いドレスで立っていたのである。

「ずっと気にしてたの。——ごめんなさい。あなたの力になれなかったわね」

「いいんです。そんな……」

と、アヤは照れたように笑って、

「いつも親切にしてくださって、ありがとうございました」

「——何よ。お別れみたいじゃないの」

「お別れに来ました」

「え？」

「弥生さんのことは忘れません」

「やめるの？」

「ええ……」

「そう。——疲れたんでしょうね」

「ええ、少し」

そこへ、ＡＤが、

「お願いします」

と、呼びに来た。

「すぐ行くわ」

弥生は、紙コップを屑入れに捨てて、

「ね、アヤちゃん——」

廊下は空っぽで、アヤの姿もなかった。

「アヤちゃん！　どこ？」

しかし、返事はなかった。


「——滝川さん」

本番直前、弥生が言った。

「原稿がありません！」

「何だい？」

「あのトラックの件。小学生をはねた事件のこと……」

「あれか」

と、滝川は言った。

「あれは中止だ」

「でも……」

「スポンサーのタイヤメーカーから苦情が来た。――取り上げるのは無理だ」

弥生は絶句した。

しかし、本番は容赦なく始まる。

弥生は、失望を顔に出すまいと苦労した。

ニュースが終わりかけたとき、急な原稿が滝川の手に渡った。

滝川はそれを見て、黙って弥生へ渡した。

「何ですか？」

と、小声で訊く。

「それを読め。あと十五秒だ」

と、滝川は言った。

「今入ったニュースです」

と、弥生はカメラに向かって言った。

「今日未明、タレントの水田アヤさん十七歳が……」

弥生は青ざめた。——読めない。

「——どうした！　早く！」

と、滝川が小声で言った。

「水田アヤさんが——首を吊っているのを、仕事仲間の一人が発見し、一一九番しましたが、手遅れで、病院で先ほど亡くなりました……」

——ＣＭが来て、弥生は初めて泣き出していた……。

# 闇の使者

人の運なんて、分からないものだ。

——玉木(たまき)は、サービスエリアにトラックを停めて、夜食にラーメンを食べていた。

同じ国道を通るトラックの仲間たちだが、誰も話などしない。

みんな疲れているのだ。——「安全第一」などとは言うが、本当にそうしようと思えば、とても商売にならない。

みんなリスクを承知で、無理なスケジュールで走っているのだ。

運の悪い奴は事故を起こす。——そうだ。

俺も運が悪かったんだ……。

ラーメンを食べ終わって、時計を見る。

たった十分である。——しかし、少しでも早く先方へ着きたい。

「もう行くか」

玉木は外へ出た。

心の底に重く淀んでいるものがある。――子供をはねて死なせてしまった。居眠り運転だった。

自分が悪いのだ。――百も承知だが、そうではないと言い張った。

もし、自分が刑務所へでも行けば、女房や子供はどうなる？

嘘をついても、自分の家族を守るのだ。

そして――奇跡は起こった。

警察の失敗が幸いして、無罪になった。幸運だった。

しかし、胸の奥では、痛みが消えない。仮眠していても、夢にあの事故が出てきて、ハッと起きることがある。

いや……時間がたてば忘れる。

玉木は、自分にそう言い聞かせた。

トラックを再び走らせ始めたものの、二十分もすると、猛烈に眠くなってきた。

「畜生！　どうしたんだ！　しっかりしろ！」

いくら頑張っても、眠気は去らない。

諦めて、玉木はトラックをわき道へと入れた。

少し眠ろう。――今度事故を起こしたら、おしまいだ。

玉木は、少し寂しい道へトラックを入れると、停めてエンジンを切った。

腕組みして、目をつぶる。——アッという間に眠りの中へと落ちていった。
そして——どれくらいたったろう？
トントン。
「——何だ？」
目を開けると、屋根にトントンと叩く音がしている。
屋根に？
玉木は、トラックから降りて、屋根の上を眺めた。
何も見えない。——気のせいか？
トントン。
玉木はギクリとした。
頭上に、何かの気配がある。——見上げると、黒い人影が下りてきた。
玉木は唖然として、動けなかった。
「危ない！」
誰かが玉木の体を突き飛ばした。玉木の肩を刃物がかすめて、痛みが走った。
「トラックの下へ隠れて！」
若い娘だ。——玉木はわけも分からず、トラックの下へ潜り込んだ。
バサバサと、翼のはばたくような音がして何かが飛び去っていく。

「何だ、あれは?」

「〈吸血鬼〉ですよ」

と、その娘が言った。

「あんたは?」

「私も吸血鬼です。でも、私は本物」

「本物?」

「あなたもですよね」

玉木は、外へ這い出ると、立ち上がった。

「俺がどうして吸血鬼だ?」

「子供をはねて殺しておいて、罪を償わないからです」

玉木が青ざめて、

「無罪になったんだ!」

「ご自分の良心からは逃げられませんよ」

「良心が何だ! 俺はちっとも気にしてやしない」

と、玉木は言った。

「そうでしょうか」

「そうだとも!」

「私、そうは思いませんけど」

娘はそう言って、夜の中へと足早に消えていった。


「邪魔しやがって！」

と、男は悔しそうに言った。

上ってくると、体をつないでいた細いワイヤーを外し、マントを取った。

「なかなかいい仕立てだ」

と、声がして、男はびっくりした。


「誰だ！」

クロロックは暗がりから出てくると、

「本物の吸血鬼だよ」

と言った。

「何だって？」

「夜空を飛んでいても、飛行船は音をたてない。このキャビンからワイヤーで吊るして、犯行に及び、再びこの飛行船へ戻ってくる」

クロロックは、ＴＶでいつも見るキャスターの顔を見て、

「滝川といったかな？　どうも弥生さんの方へしか目がいかんのでな」

滝川は首を振って、

「どういうことなんだ！」

と言った。

「滝川さん」

もう一つ、声がして、暗がりから現れたのは、弥生だった。

「君……」

「初めから隠れて乗ってたの。――あなたがやったのね」

「ああ。――大したもんだろ？」

滝川は言った。

「リモコンで、この飛行船の操縦ができるように改造した。このワイヤーで上げ下げするのも、リモコンでできる。――そういうことは得意でね」

「でも、やっぱり人を殺したり傷つけたりしちゃいけないわ」

「僕は黙って見ていられなかったんだ。本当なら一番罪の重い連中が、のうのうと暮らしていて、その部下が自殺したりする」

「気持ちは分かる」

と、クロロックは肯(うなず)いた。

「世の中は矛盾(むじゅん)に満ちている。しかし、それを正すのに、不正な手段で行うのでは、同じことではないか」

「そうは思いませんね」

「うむ。——だが、あんたが正しいという保証はどこにある？」

「もちろん、正しいとは思っていませんよ」

と、滝川は言った。

「いつでも、罪は償います。僕はあんな奴らとは違う」

滝川が、降下用の扉を開けた。

「何するの！」

「弥生君。後を頼むよ」

と言うなり、滝川は飛び下りた。——ワイヤーなしで。

弥生が悲鳴を上げる。

「待ちなさい」

クロロックは落ちついていた。

下を覗(のぞ)くと、

「——畜生！　どうなってるんだ！」

と、滝川がもがいている。

「網を張っておいたんでね。もうじきKテレビの屋上だ。網にかかって窮屈(きゅうくつ)だろうが、我慢しなさい」

飛行船が屋上へ下りると、エリカが待っていて、網を切って滝川を出してやった。

「——ひどい目にあった！」

と、滝川は文句を言った。

「〈吸血鬼〉などと名のらんでほしかったな」

と、クロロックも降りてきて、

「吸血鬼はな——本物の吸血鬼は、『正義のため』などとは言わん。たとえ人を助けることがあっても、人を責めはしない。誰でも、自分に責められるべき点を持っているからだ」

「滝川さん」

と、エリカが言った。

「あの玉木って運転手、居眠り運転で子供をはねたって自分から言いましたよ。マスコミが明日は報道するでしょう」

「玉木が？」

滝川は唖然とした。

「——まさか！」

「もう運転手の仕事はしないそうです」

「そうか……」

滝川は、力なくその場に座り込んだ。

弥生はかがみ込んで、

「滝川さん……。私、あなたの力になりたいんです」

「君――」

「一緒に行きましょう」

弥生は、滝川の腕を取って立たせると、

「私たち、やっとパートナーになれた気がしますわ」

と、微笑んだのだった……。


「――どうだ！」

クロロックが得意げに言った。

〈クロロック商会〉の玄関に、等身大の弥生のパネル写真がニッコリと笑っている。

弥生がクロロックへの礼ということで、タダで出演してくれたのだ。

「毎朝、これを見て仕事にやる気が起きてくる！」

「お父さんだけじゃないの」

と、エリカは言った。

「そんなことはない！　現に、どの社員も、『すてきです』と言っておる」

「社長に向かって、『つまらないですね』なんて言えないよ」

「ま、お前のような子供には、この良さは分からんだろ」

と、クロロックは悦に入っている。

エリカはわざと大声で、

「あ、お母さん、珍しいね」

と言った。

クロロックがあわててパネルを抱え上げると、

「エリカ！　このことは内緒だぞ！」

と言うなり、あわてて逃げ出した。

「お父さん！　――冗談だよ！」

エリカは急いで父を追いかけていった。

「冗談だってば！」

クロロックは、弥生のパネルを抱えて、社長の机の下へと飛び込んだのだった……。

# 解説

山浦雅大

いやあシブいなあ、と。カッコいいなあ、と。何かってそりゃ、本作の影の（？）主人公、フォン・クロロック。正統な吸血鬼一族の末裔。たまりません。

いきなり昔の話になりますが、赤川次郎作品との出会いは中学の頃。ぼちぼち四〇歳なので、今から二七、八年くらい前でしょうか。その時僕は電車で通学していて、結構ヒマ。今でならスマホでもいじっているんでしょうが、当時はそんな物も無く。なんで、よく、読書していました。その時に、初めて読んだ赤川作品が『幽霊列車』のハードカバー。確か図書館で借りたような記憶が……。それ以来、しばらくハマりました。

今更僕が言うことじゃないですが、とにかく赤川作品は読みやすい。ちょっと読んでスっと入って来る。これはホント凄い。通学電車の中は結構な満員具合で、ギュウギュウ言ってて、そんな劣悪な読書環境なのに、スっスっと入って来る。凄い。

『三毛猫シリーズ』『三姉妹探偵団シリーズ』『死者の学園祭』『ふたり』……色々読みましたよ。勿論、『吸血鬼』シリーズも。中でも三毛猫シリーズは好きだったなぁ。ゲームボーイで『三毛猫ホームズの騎士道』をやりました。懐かしさでさっきネットで見てみたら、アマゾンで売ってました。思わず衝動買いしそうになりましたが、本体が有りませんもんね。

で、そこから少し時が飛んで、六年ほど前。僕は脚本家をやっているんですが、日本テレビから『三毛猫ホームズ』のドラマを書かないか……と依頼が来ました。そりゃもう、二つ返事で引き受けましたよ。あの世界の映像化に協力できる日が来るとは！　脚本家及びファン冥利に尽きる、ってものです。

ドラマはマツコデラックスさんが猫の化身（？）をやるという中々のアバンギャルドさで。『原作に忠実に映像化せよ！』という熱心なファンからはお叱りを受けそうですが……どうにか、自分の役目を果たすことが出来ました（最終話とその前の話を担当）。

そんなこんなで、僕の赤川作品歴はひとまず終わり。解説の依頼をこれまた二つ返事で引き受けて、懐かしさを感じつつ本書を読みました。感想は……いやあ、クロロックが渋い！　カッコいい！　それに尽きます。なので、この解説はそれに特化した物にしようかと思います。

以下、多少のネタバレ要素（と言うか、抽出されたクロロックのカッコいい要素）を含みます。なので出来れば、本編を先にお読みになった上でこの解説を読んで頂けると有り難いです。

まず最初のお話――『吸血鬼と死の花嫁』

ブライダル・ショーのさくらのバイトにやってきたエリカたち。そこで遭遇するのは、ショーに登場予定のモデル五人、加えて犯人五人まで死亡するという凄惨な殺人事件。放ってはおけないと動き出すエリカ&クロロック父娘。と、事件の陰で、魔女を崇拝する『聖・魔女団』というおぞましい団体が暗躍していることが分かって来て……。

この話においては、クロロックのカッコいい要素はちょっと控えめ。だけどその分、ウィットにとんだユーモア要素に溢れています。

例えば、前半で犯人と対峙するクロロック。犯人は攻撃しようと叫びます。

「邪魔する者は呪われろ！」

これに対するクロロックの返しが――

「呪いはこっちの方が先輩だ」

いいですね、こういうの。ニヤリとする。呪いに先輩も後輩も無いだろうと思いつつ。

もう一つ。犯人グループが『聖・魔女団』であることが分かり、クロロックはエリカに説明します。曰く、聖・魔女団とは魔女を崇拝し、直接的な関わりは無いにせよその恨みを代わって晴らそうとする不気味な団体……云々。かなり詳しく。

それを聞いて疑問に思ったエリカがクロロックに聞きます。

「お父さん、どうしてそんなこと知ってるの？」

「さっき、テレビのニュースでやっていた」

うーん、素敵。この絶妙な肩の力の抜け具合も、クロロックの魅力です。

続いては、個人的に一番好きな――『吸血鬼、荒野を行く』

ここでは、バスで山間の温泉地に向かっていた父娘が、地震によりひなびた村で立ち往生してしまいます。そこで出会う一人の少女。父親が殺人犯の疑いをかけられ、逃亡中。だけど彼女は健気に、父親の無罪と帰還を信じていて……。

移動の途中、足を怪我した少女を、クロロックはおぶってやります。と、少女が言う。

「私にやさしくしてくれるなんて……。私、人殺しの子供なのに」

これに対してクロロックの言葉が――

「もし本当に君のお父さんが殺人犯でも、君をこうしておぶっていたさ。それに、私は君のお父さんが犯人だとは思っていない」

中々言えません、こんなセリフ。僕だったらただオロオロするだけかと。

そして事件は意外な人物が犯人と分かり、解決に向かいます。しかしそこには目を背けたくなるような人間の醜さ、残酷さが存在していて……。と、クロロックは言います。

「どんな荒れ野原よりも、人の心の荒野の方が辛いものだ」

いいなあ、こう言う渋いの。僕もドラマで書いてみたいものです。

そして最後の話――『世直し吸血鬼』

ある時から、法の目を逃れる悪人たちが次々に襲われます。欠陥製品を作って死亡事故が起きたのに開き直る社長、タレントを手にかけるテレビ局社員――。

その手口は空を飛ぶ吸血鬼を連想させ、放ってはおけないとばかりに動き出すエリカたち。最終的に二人が追い詰める犯人は、正義の心を持つが故に凶行に走っていましたが――そんな相手にクロロックは言います。

「本物の吸血鬼は『正義のため』などとは言わん。たとえ人を助けることがあっても、人を責めはしない。誰でも、自分に責められるべき点を持っているからだ」

これ、名言ですよね。誰でも心に傷を抱え、しかしそれでも逃げずに、その傷と向き合って必死に生きている……。クロロックの魅力全開のセリフじゃないでしょうか。

と、ここまで書いて一番に思うのは、昔と感じ方が変わったんだなあ、と言うこと。中学生の時には、テンポの良さやエリカとその友人の面白い会話、意外な犯人……という部分に目が行って、クロロックの良さには気付かなかった。確か。つまり僕も年を取って、多少の人生経験も積んで。脚本家となって父となって、クロロックの渋さに気付くようになったんだなあ、と。しみじみと。

ならばもう二〇年程経って還暦を迎えた頃、もう一度本書を読んでみたい。その頃の自分が何を感じるのか。今の自分では思いつかないような感想を持つのかしらん……。

そんな風にして、時を経ても楽しみ、読み続けられる。それも赤川作品の魅力の一つではないでしょうか。

二〇年、きっとすぐなんだろうなあ。一日一日を大切に生きねば！

と、校長先生の朝礼のお話のような言葉を結びに、この解説を終わりたいと思います。お付き合い頂き、どうもありがとうございました。

（やまうら・まさひろ　脚本家）

イラストレーション／ホラグチカヨ
目次デザイン／川谷デザイン

この作品は二〇〇〇年七月、集英社コバルト文庫より刊行されました。

集英社文庫

吸血鬼と死の花嫁

2018年2月25日　第1刷　　定価はカバーに表示してあります。


著　者　赤川次郎


発行者　村田登志江

発行所　株式会社　集英社

東京都千代田区一ツ橋2-5-10　〒101-8050

電話　【編集部】03-3230-6095

【読者係】03-3230-6080

【販売部】03-3230-6393（書店専用）

印　刷　大日本印刷株式会社

製　本　大日本印刷株式会社

フォーマットデザイン　アリヤマデザインストア　　マークデザイン　居山浩二



ISBN978-4-08-745709-4 C0193